SHANGHAI LITERATURE & ART PUBLISHING GROUP

故事会
精品系列

校园故事

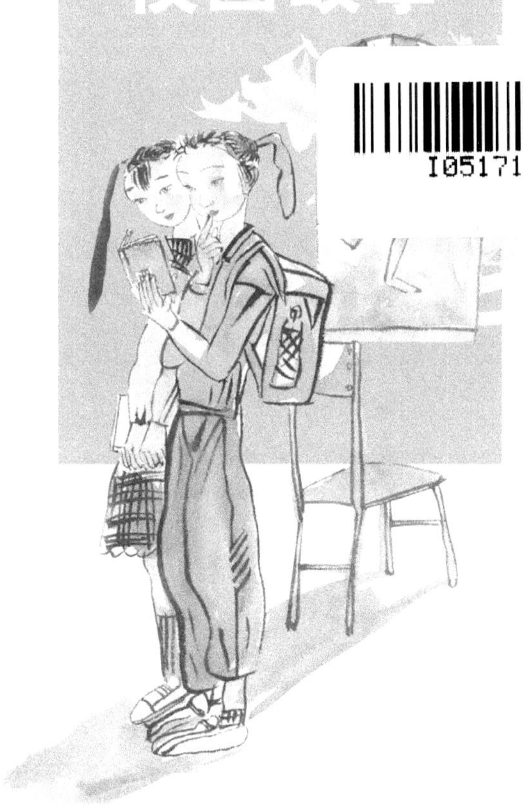

上海锦绣文章出版社
上海故事会文化传媒有限公司

上海文艺出版（集团）有限公司

图书在版编目（CIP）数据

校园故事 《故事会》编辑部编 – 上海：上海锦绣文章出版社
（故事会精品系列） ISBN 978-7-5452-0247-2

Ⅰ.①校…Ⅱ.①故…Ⅲ.故事 – 作品集 – 世界 Ⅳ.I14

中国版本图书馆 CIP 数据核字 (2009) 第 015627 号

丛 书 名：故事会精品系列

书　　名：校园故事

主　　编：何承伟

编　　委：何承伟　　吴　伦　　姚自豪　　夏一鸣

责任编辑：刘迎曦　　鲍　放

装帧设计：王　伟

责任督印：张　凯

出　　　　版：　上海锦绣文章出版社

　　　　　　　　上海故事会文化传媒有限公司

POD 海外发行：　中国图书进出口上海公司

　　　　　　　　电话：021-36357888

　　　　　　　　传真：021-36357896

　　　　　　　　地址：上海市虹口区广中路 88 号

　　　　　　　　邮编：200083

目　　录

缤 纷 校 园

儿童的笑仿佛花的开放,那是获取的愉快,呼吸的愉快,开放的愉快,观照、生活、成长的愉快。

招生考试

　　今年夏天,全国高校招生期间,某军医大学要招录一批高级外语护理,据传,这批新生在校期间还有可能被保送到国外进修两年。

　　招生名额已分配到各市,樟市也有一个名额。

　　正式简章尚未贴出,消息已在全市不胫而走。学校里的一批尖子们不用说,个个摩拳擦掌,跃跃欲试。有点"能量"的家长们也顿时活跃起来,搬"门子",摸"渠道",通"关节"……那份忙碌劲呀,别提啦!

　　到正式报名的时候,应征者突破千名大关。哇——这可真是名副其实的"千里挑一"啊!

　　招生办公室为使这千余名考生和他们的家长心明眼亮,特布告明示:这次招生一报名公开,二分数公开,三面试公开,四录取公开。招生考试分两步,先是文化统考,入线考生一周后再接受面试。

文化统考按下不表。

单说面试这一天,说是八点考试,七点不到,考点门口就已经挤满了人,七点三十分,大门洞开,"忽拉"一家伙,考生和家长们都争先恐后地往大门内拥。

忽听"啊唷"一声惨叫,一个在考点门口卖烧饼的老头,被挤撞得跌坐在地上,抱住自己的脚拐子,龇牙咧嘴地直叫唤。

可是此时此刻,考生们哪个还去注意一个卖烧饼的老头子?有的考生甚至就从老头身上跨过去,嘴里还骂着:"好狗还不挡路哩,找死呀!"

很快,考点门口冷清下来,只剩下受伤的老头独坐在地上,靠着他的架子货车痛苦地呻吟着。

这时,有一名满头大汗的女学生骑着自行车向考点急驰而来,看样子她是从市郊赶来的,骑得气喘吁吁。这时候,时针已经指向七点四十五分,离考试只有一刻钟了。

到考点门口,女学生跳下车,猛地发现那个坐在地上受伤的老头,面孔已经痛得变了色,女学生忙弯腰询问是怎么回事。

受伤的老头见女学生一脸和善的神情,忍着痛,说:"姑娘,求你帮帮忙,送我去医院好吗?"

去医院? 那考试怎么办? 女学生显得十分为难。

她看看表,想了想,说:"这样吧,老伯伯,我现在用自行车把您送到医院去,然后再赶回来参加考试,只要赶在八点半之前到,我还可以进考场。您在医院等我,我考完试,再来送您回家。"

女学生一边说,一边就把受伤的老头扶上自行车,送进医院急诊室,向医生一一交代好,然后立刻飞车赶回考点。这时候,离八点半只差三分钟了。

事后才知道，这个女学生叫常平平，果然是从二十里外的郊区农村赶来应考的。她最后一个进考点，但却获得了最好的成绩，一周后公布录取结果，千里挑一，常平平赫然榜上有名。

消息传开，招生办就像债主子围门——电话"请问"的，登门"拜访"的，要求"查分"的，请求"照顾"的，软磨硬泡的，兴师动众的……一时间，把个平日冷清的办公室闹腾得快要掀了屋顶！

招生办在市有关领导的参与下，偕同招生单位，为常平平这一名考生，专门召开了一次面向社会的考情发布会。经过这次会议，考生们、家长们，以及关心这件事情的大大小小人物们，都口服心服了。

原来，这次面试，主考官们精心设计了一道别开生面的特殊考题：救死扶伤。老头受伤，是考官们故意安排的。在这道特殊考题面前，千余名考生，只有常平平一个人得了"优"。

（韩德贵）

寄宿的女生们

　　曹堡中学是一所寄宿中学,数年来保持着晨读的习惯。

　　这天,晨读风气历来最好的初三(1)班教室里,同学们有的在整理书本,有的在检查昨晚做的作业。突然,一个女孩子尖声叫了起来:"我的软皮本怎么不见了? 还是刚买的呢!"大家扭头一看,是蔡燕,只见她撅起嘴,瞪着眼看着周围的同学,一副气鼓鼓的样子。

　　正在这时,肖红也嚷嚷起来:"我的软皮本也不见了!""哎呀,我们班出贼了!"蔡燕得知好朋友也遭不幸,气得一个劲地捶着课桌。

　　紧接着,大家马上发现窗户上缺了一块玻璃,看来贼是夜间砸了玻璃进来的。又有几个同学连忙检查自己的抽屉,还好,其他没丢什么。

曹小玲与肖红、蔡燕、林英同村，自然比其他同学更关心这件事，她也在一边嚷嚷道："什么值钱的东西不能拿，偏拿两本本子？"忽然，她惊叫起来："天哪！这是什么？"只见她从自己的抽屉里拿出两本崭新的软皮本……蔡燕、肖红走过去一看，正是她们的！

班长走来，一边打扫碎玻璃一边说："我看哪，可能是什么人搞恶作剧。但闹归闹，犯不着打碎玻璃呀！"班长朝大家挥挥手，说："走吧，走吧，读书去！"

这件事也该过去了，不过是打碎一块玻璃，可更奇怪的事还在后头呢。

第二天早晨，蔡燕起床时，又开始嚷嚷开了，说找不到自己的毛衣了。她只穿着件棉毛衫，怕冷，便用脚蹬蹬那头的肖红："帮我找找毛衣，我要冻死了。"肖红不情愿地钻出被窝，帮她翻找："在哪儿？找不到……哎，我的呢，我自己的呢？喂喂喂，大家都给我起来，帮我们找找！"同宿舍的同学纷纷钻出被窝，可寻找的结果使大家又一次惊叫起来——蔡燕和肖红的毛衣，一共五件，整整齐齐叠在曹小玲的床里边！

这时，同学们眼睛都盯着曹小玲，曹小玲急得要哭了："这不是有人存心要害我吗？"

等女孩子们七手八脚穿戴完毕、洗漱干净来到教室时，教室里又已发生过一件不太新鲜的故事：刚装好的玻璃又被打碎在地，蔡燕和肖红的软皮本第二次"跑"到了曹小玲的抽屉里。

这下班长可不乐意了，板着脸，目光在与蔡燕、肖红、曹小玲三个同宿舍的女生们脸上扫视了两遍，用神探一般的口吻说道："问题出在你们当中的一个人身上。"

班长的判断正确吗？如果真是这样，那么这个人又是谁呢？

这天夜里，女孩子们约定，一夜不睡，也得把事情搞个水落石出。但说是这么，可初三的学习太紧张了，加上眼下又是冬天，一钻进暖和的被窝，差不多都只坚持了半小时不到，就一个个先后睡过去了。最后，只有林英一直睁着眼，她不甘心让好朋友曹小玲受冤屈。

冬夜很寂静，宿舍里只有女孩子们轻轻的鼻息声此起彼伏。林英有点害怕，不过这样倒好，瞌睡反被赶得无影无踪了。她抬头看看对面床上，蔡燕和肖红熬不过，早已睡得烂熟。"哼，看我明天不训你们！"林英正在这么想，睡在脚头的曹小玲却动了起来。

林英感到她坐起来了，不觉奇怪："她是不是要上厕所？"耳边听她"窸窸窣窣"一阵作响，忍不住抬头一看，曹小玲已穿得整整齐齐，对她根本不看一眼，一掀被子下了床，往门边走去。

林英正想喊她，却被看到的景象吓住了：曹小玲走路的样子很奇怪，轻盈盈、虚飘飘的，像精灵一样一跳一跳。林英刹时被自己的想法吓坏了：奶奶说，只有鬼走路才会一跳一跳的，曹小玲难道是被鬼迷住了？林英吓得手脚冰凉，心也"扑咚扑咚"地要跳出来。

曹小玲早已出了门，林英还怔在那儿。林英被好奇心驱动，按捺不住，咬咬牙，披了件衣服下了床，开门赶了出去。寒风直透过衣衫，冷得她打抖。她摸黑走了两排房子，终于看见曹小玲精灵一般地在前边飘动，转过墙角，向教室方向走去。林英的冷汗被风吹干了，心里也镇定多了，她站在那儿，静静等候。

"啪啦"一声脆响，在寂静的夜里尤为响亮，是教室后门边的玻璃被打碎了。林英的心往下一沉，吓得立即转身回宿舍，钻到了床上。被窝里热气还在，她瑟瑟抖动的身体渐渐安静下来。

过了一会儿，门响了，曹小玲回到了宿舍。林英从被窝里悄悄抬起头，偷眼看去，只见曹小玲目光直直的，一跳一跳走到蔡燕和肖红床边，伸手从她们床上把毛衣一件件拉出来，转身全堆在自己床上……

忙完了这一切，曹小玲才上床脱衣睡觉。而林英却睁着眼睛，惊得一夜没睡着。

第二天一早，林英就把这一切告诉了班主任夏老师。夏老师听了，神情严肃地对林英说："这件事谁也别告诉，中午我们抽空讨论一下，该怎么个处理。"

好不容易到了中午，夏老师、班长、团小组长"小天才"和林英四个人，在空荡荡的办公室开会。

夏老师让林英介绍了情况。小天才胸有成竹地说："我知道，这叫梦游。"夏老师说："曹小玲家境不太好，我看她性格有点孤独。"林英点点头："这次要买写观察日记的本子，我买了本小作文本，蔡燕和肖红买了四块五毛钱的软皮本，曹小玲只自己订了一本白纸本。她当时很喜欢那种软皮本，说漂亮，纸也好，拿在手里真舒服……"夏老师点头说："日有所思，夜有所梦，曹小玲并不是想占有人家的本子，只是她太喜欢了……"

班长皱着眉头想了一阵，微笑着说："我倒有个主意。"他如此这般一说，大家齐声叫好。

下午，活动课上，初三（1）班搞了个有声有色的班会。文艺演出近尾声时，主持人小天才宣布："最后一个节目，抽签选出本次活动的幸运观众。因奖品有限，只选一名。下面，我先抽出抽签人号码，再由抽签人抽出幸运观众的号码。"他微闭着眼，口中念叨着："天灵灵，地灵灵……"同学们轰然大笑。小天才的手火中取栗般夸张地一缩，抽出了纸签，迫不及待地打开一看："啊哈！老天有眼，我已抽出最佳抽签人，七号，我们公正的班长。"

掌声中班长稳步上台，慢条斯理地摇签筒，伸手取出一张纸签，送给小天才，鞠了一躬，下台。小天才急吼吼打开，一脸笑容道："是个女生。我有个小小请求，请该女士先为我们表演一个节目，然后接受我们的礼物，好不好？"

"好!"

"三十一号,三十一号!我们的曹小玲同学。"

曹小玲惊喜万分,红着脸上了台,对同学们鞠了一躬,轻轻唱了一曲《好人一生平安》,全场掌声雷动。小天才说:"美妙美妙,刚好值这么多奖品。"他从讲桌里捧出奖品:四本笔记簿,四季平安;八张音乐贺卡,八面来风。曹小玲捧着这一堆奖品,欢天喜地落了座。

这天晚上,林英对曹小玲说:"小玲,睡觉的时候把音乐贺卡打开,让音乐陪伴我们。"

曹小玲迟疑了一下:"那,会不会影响同学休息?"

"怎么会呢?这么轻柔的音乐,谁不喜欢?"

"我们喜欢!"肖红、蔡燕两个说。

"我们喜欢!"其余的人也齐声赞同。

于是,那些从音乐贺卡里传出的优美的乐声,像淙淙清泉,流过每一个人心头,大家都屏息倾听,静心欣赏,脸上洋溢着温柔的笑意。

林英又说:"半夜里也不准关了。"她伸手取来两张音乐卡,"干脆我做半个主人吧,你忘了放,由我接着。同学们学习都很紧张,有音乐相伴,会睡得很好的。"曹小玲笑着连连点头。

女孩子们又谈了一会知心话,不知不觉中一个一个入睡了。曹小玲也睡着了。林英没有睡,她在欣赏音乐。黑暗中,悠扬的乐声一遍又一遍在宿舍里回响,在女孩子们花一样美丽的梦乡里荡漾。

这一夜,什么故事也没有发生。从此以后,那样的故事再也没有发生……

(星　天)

特殊的考试

　　阿幸是白云中学的学生,新学年开学第一天,他背着书包来到学校,见校门口围着一大堆人。他的第一个反应是有人打架了,谁知挤进人堆一看,根本就没有什么流血事件,倒是门口橱窗里贴着一张大红纸,上面写着:

　　　白云中学新学年三大举措:
　　　一、每个教学班的学期、学年考试,实行无人监考制度;
　　　二、学校设立无人售书报亭;
　　　三、有200多种图书和30多种报刊的阅览室,每天定时开放,但无人管理。

人群里叽叽喳喳，议论纷纷，有欢呼"万岁"的，也有对此持怀疑态度的。阿幸放眼一看，只见同班同学小耕也在人堆里。小耕是阿幸的"死党"，这对"黄金搭档"平时大错不犯、小错不断，是学校里最令老师们头疼的一对宝贝。

阿幸把小耕拉到一边，指指橱窗里的大红纸说："喂，这是怎么回事？"小耕推了一下快滑到鼻尖的眼镜，摇摇头："我可不信。公共汽车搞无人售票还有个监管员呢！真的'无人'，那学校里还不乱了套？"

这时，只见老校长走了过来。老校长头顶秃了，属于"中间溜冰场，四周铁丝网"的那种类型。"发福"的身材，肚子大大的，老是面带微笑地出现在大家面前，所以阿幸和小耕背后称他"弥勒佛"。

老校长笑着问他俩："你们在嘀嘀咕咕什么呢？"

阿幸知道老校长脾气好，从不见他生气，就大着胆子说："校长，这是真的吗？是不是愚人节开剩下的玩笑被您从纸篓里翻出来贴上的？"

老校长笑着说："怎么会呢？售书报亭和阅览室今天就开放。"

阿幸说了句："哦！那太好了！"就拉着小耕一溜烟地跑了。

开学典礼上，老校长照例发表讲话，他说了些新学期应有新起点、新目标、新气象诸如此类的话后，说："本校在新学年有三件大事。一是学校大举措，这可能大家都看到了；二是为了方便广大师生，在每个教室安一台新式挂钟；三是从本学年开始，本校将实行一项新的考试，德育及日常行为考试，请大家注意。"

阿幸用胳膊肘碰碰旁边的小耕，说："喂，新考试哎！"

小耕正埋头于他的《倚天屠龙记》，他抬起头，推推眼镜说："怕什么！反正没人监考，抄呗！"说完，又沉浸到他的刀光剑影中去了。

回到教室,阿幸真的发现黑板上方装了一台新的挂钟。这挂钟有点怪,中间方方的,好像深不可测,阿幸仔细端详着,怎么看都觉着忒像摄像机镜头。是不是……阿幸赶快拉着小耕跑到书报亭和阅览室,发现那里也装着同样的挂钟。阿幸把自己的想法告诉小耕,小耕说:"对了,今天校长室买了一台新电脑。"为了证实自己的猜想,阿幸和小耕决定对校长室进行一次大"侦查"。

这天,阿幸瞅准了校长室没人的大好时机,由小耕在外望风,他悄悄溜了进去,搜了一番,没发现什么。正想离开,他忽然发现校长办公桌上有一份"产品说明书",拿起一看,只见上面写着:新型窥视器说明书。再看内容:本产品引进国际先进技术,实行联网,由中央电脑集中控制……

阿幸刚看到这儿,突然听到门响了一下,抬头一看,只见老校长正微笑着走进来。

阿幸顿时脑袋"嗡"一声,好似发生了大地震,他下意识地把拿说明书的手放到背后,嘴里嘟哝一声:"弥……啊,不,校长……好……"

老校长微笑着问:"你到这里来干什么? 是找我有事吗?"

"哦,不,我……来捡球,没事了,校长再见!"

老校长说:"那以后打球可要注意喽,可别……"

阿幸没等老校长说完,就转身出门,拉了小耕撒腿飞跑。

阿幸拉着小耕跑了老远,才恼怒地说:"你怎么啦? 你望风望到哪儿去了?"

小耕有点委屈地说:"也不能全怪我嘛,那弥勒佛神出鬼没,我正望着,他不知从哪儿钻出来,从背后拍拍我的肩膀说要我去扫包干区! 我想通知你已经来不及了。"

"唉! 算了,看看这个!"

这份可怕的说明书证实了他们的猜想。因为几乎每个班都有他们的"同党",很快全校上下都知道了这个秘密。

这阵子,老师们开始对学生进行德育教育:希望同学们一定要自觉,无论是在考试或在日常行为方面,不能学两面派,特别是现在学校很多方面都实行"无人管理",这是学校对同学们的信任,"自觉"两字对于同学们来说尤其重要。老师还打趣说:"要知道,你们的一举一动都会有人看见的。"

阿幸听到最后一句话,不禁抬头望了一眼墙上的挂钟,并且他发现,很多同学都像他一样,抬头朝墙上望。

从此,同学们似乎真的自觉了很多,阿幸慑于挂钟的威力,试着在小测验中不再做"长颈鹿"和"斜眼猫",有时忍不住想瞄瞄同桌的答案,一抬眼看见那挂钟,又把头缩了回去。他想:老校长这招可真绝! 老师监考还有个看风景的时候,可这挂钟时时刻刻每分每秒都盯着你呢,叫你不能轻举妄动。

就这样过了一段时间,阿幸不敢轻举妄动,反倒"修成正果",考试时觉得轻松多了,不再需要"眼观六路、耳听八方",并且时时刻刻提防监考老师从天而降,而且阿幸还惊喜地发现,认真专心地去考试,竟有很多题他都能独立做出来。问问小耕,他也有同感。而且其他班的弟兄们也都有同样的感受。

学校的风气大为改观,同学们都如老师说的那样,非常自觉。时间一长,大家也就把挂钟的事不放在心上了,已经习惯了平时该怎么做,考试就怎么做。

期末考试结束的那个下午,阿幸和小耕在操场上踢足球,小耕对着球门一记怒射,那球越过球门,飞向教室,只听"哗啦"一声,一楼一间教室的窗玻璃破了,接着"砰"一声,教室里什么东西掉在了地上。

阿幸拉起还没回过神来的小耕直奔出事现场,只见挂钟掉在地上,玻璃壳摔碎了。阿幸忽然想起开学初的"挂钟事件",对小耕说:"哎,我们把钟打开看看,到底有没有那个摄像机。"两人左看右看、横看竖看,钟里除了齿轮还是齿轮。

阿幸疑惑地说:"咦?那'新型窥视器'去哪儿了?"

"根本就没有什么'新型窥视器'嘛。"老校长突然微笑着站在他们身后说。

阿幸问:"那说明书是怎么回事?"

"那是我用电脑打出来的,我早就注意到你们两个了,专门恭候你俩去'取'那说明书呢。"

阿幸和小耕这才明白,从一开始,他们就被这位弥勒佛"骗"了。

老校长说:"这个学期,学校的风气有很大的转变,这是同学们共同努力的结果。我们学校在全市的德育及日常行为考试评比中,成绩是最好的。其实,整个学期,都在对你们进行考试,一场特殊的考试。"

阿幸和小耕走在回家的路上,觉得阳光格外的灿烂温暖。阿幸说:"弥勒佛可真有两下子,本人佩服。"

小耕说:"不,是老校长。"

阿幸连忙纠正。"对,老校长。"

虽然阿幸和小耕明白了事情的真相,但是肯定今后不会再作弊,因为他们已经尝到了"自觉"的甜头,体会到了"自觉"的意义。

(陈菁菁)

淘气鬼王小虎

　　这天早上,同学们刚到校,班级里就传出了一条特大新闻:"昨天晚上学校里闹妖啦!"这话是从柳翠嘴里传出来的。柳翠晚上和徐老师做伴住在学校里,她说的还有错?

　　王小虎跟柳翠同桌,长得虎头虎脑,开口一笑就露出两颗虎牙。他是个专爱看武打、侦探电视剧的迷,听说了这件事儿,特感兴趣,心想:这回当神探的机会来啦!上课的时候,他屁股底下像骑着个刺猬,怎么也坐不踏实。老师讲什么,他一句也没听进去,尽想闹妖的事儿了。

　　下课铃一响,王小虎一把抓住了柳翠的胳膊,问她:"昨天晚上学校里到底发生了啥事儿?你要不说,我不让你上厕所!"好几个爱凑热闹的同学也围上来,七嘴八舌地问:到底咋回事儿?

柳翠被缠得没法儿,只好实说:

昨天夜里10点多钟,突然一阵"嗡嗡"的怪叫声,把徐老师从梦中惊醒,吓得心里直"扑腾"。学校坐落在村子东南角儿上,墙外就是庄稼地,这声音是从哪儿来的?徐老师侧耳静听,觉着这声音很熟悉,断定是伙房里的鼓风机响。可这深更半夜的,谁会去开鼓风机?

这学校其实规模很小,一至四年级只有两个复式班,两位老师都是女的。徐老师今年暑假时刚从师范学校毕业,家离得远,就住在学校里,晚上,柳翠和她做伴儿。她没敢开灯,轻轻地下了床,摇醒了对面床上熟睡的柳翠。两人穿好衣服,连大气儿也不敢出,把窗帘儿撩开一条缝,往外看。学校是新建的,只有一排北房,院子带操场,很开阔;伙房在院子东南角上,借着明亮的月光看得一清如水,伙房周围什么动静也没有。这是咋回事儿?

徐老师转身拿了手电筒,柳翠从墙角处抄起一把笤帚来,像端冲锋枪一样抱在怀里,两人鼓足勇气冲出了宿舍,直奔伙房。到跟前一看,伙房门锁得牢牢的,窗户关得严严的,隔窗用手电往屋里照了照,一切如故,只有鼓风机在"嗡嗡"地叫。徐老师开门进屋拉亮了灯,又仔细看了一遍,各处毫无异样,检查电源线路、开关,都没问题。徐老师不禁疑神疑鬼地胆怯起来,被凉风一吹,不由得打了个冷战,起了一身鸡皮疙瘩。

这时,柳翠正疑惑地瞪大双眼看着,徐老师赶紧镇静一下,关上鼓风机,冲柳翠轻松地一笑,说:"可能是鼓风机漏电了,没事儿!"说罢,赶紧关灯锁门,和柳翠返回了宿舍。

可是,两人躺在床上,翻来覆去地怎么也睡不着。柳翠想:伙房门窗未动,鼓风机怎么会自己响起来呢?

柳翠从头至尾这么一说,同学们像马蜂炸窝一样乱嚷嚷起来,只有王小虎在一旁默不作声。王小虎的淘气在全村、全校是出了名的,看了电影《小兵张嘎》,别的没学会,倒学会了上房堵烟囱,让人家找到学校来告状。现在听了这事,他暗中拿定了主意:非得弄个水落石出不可!

又到了晚上10点多钟,徐老师和柳翠听了半天,伙房那边什么动静也没有,她们觉得平安无事了,正要铺床睡觉,突然"嗡"的一声,伙房里的鼓风机又响啦!

两人同时一愣,徐老师赶紧关了屋里的灯。凑到窗前,撩起窗帘儿往外一看,吓得差点儿叫出声来:只见从伙房旁边的墙外,跳进一个人来。

她赶紧摆手叫柳翠,柳翠硬着头皮凑过去往外看,还是她眼尖,一眼就看出来了,小声说:"徐老师,是王小虎!"徐老师点了点头。柳翠来了劲头,说:"这回咱们当场逮住他,明天罚他抄20遍作业!"

师生俩出了宿舍,柳翠扯着尖嗓门儿喊道:"王小虎,这回你往哪儿跑!"随着话音儿,两只手电光聚在一处,照在王小虎身上,可是王小虎并不答话,直冲她们俩摆手,显得很神秘。

徐老师和柳翠到了跟前,王小虎埋怨柳翠:"都怪你,把妖怪吓跑啦!"然后一本正经地说:"徐老师,我已经侦察清楚了,开鼓风机的是一只黄鼠狼!"

柳翠不信:"你咋知道是黄鼠狼?"

王小虎说:"我听爷爷讲过黄鼠狼开电灯的事儿。今天天一黑,我就守在墙外,鼓风机一响,赶紧翻墙进院……你们也出来啦!"

徐老师听王小虎这么一说,一阵惊喜:"你咋不跟我说一声?"

王小虎脸红了:"我怕逮不住……徐老师,您快开门进去看看吧,鼓风机还在响呢!"

徐老师开了门,拉亮了灯,三人蹑手蹑脚进了伙房。伙房是水泥地面,王小虎放学时,就在鼓风机周围撒了干沙,现在,果然发现了黄鼠狼的爪印儿。鼓风机放在两块砖上，离地不过半尺高，拉线开关的拉线垂在地面上，不论是什么小动物，只要用嘴一叼那线，鼓风机就会开动。柳翠高兴地捶了王小虎一下，说："小虎，你真行！这回黄鼠狼不敢来啦！"

第二天下午放学以后，王小虎和柳翠从村小卖部里找来了一个酱豆腐坛子。坛子有两尺来高，坛口直径也有半尺多，他们把它放在伙房的水沟旁边。王小虎从书包里掏出早已准备好的几样东西：谷糠、薄木板和一块肉。他先往坛子里装了半坛水，在水面上撒了一层谷糠，看起来就像是装了半坛谷糠的样子。然后，他把薄木板放在谷糠上面，木板上放了一块肉。

柳翠好奇地问："这是什么肉？"

王小虎说："这是烧熟了的癞蛤蟆肉。我爷爷说，黄鼠狼最爱吃癞蛤蟆啦，用火这么一烧，它在很远的地方就能闻到香味儿，准来！只要它往坛子里一跳，就算把它逮住啦！"

柳翠听他说得头头是道，不由得一笑："这法子也是你爷爷教你的吧？"

王小虎神气地说："这是我自己发明的！"

柳翠一撇嘴："我不信！"

"你不信拉倒！"王小虎完脸一红，赶紧又补充了一句，"不过，我也参考了一本《农村日用大全》，才想出来的。"

柳翠得意地笑了："这才是实话呢！"

晚饭以后，徐老师在宿舍里辅导王小虎、柳翠做完作业，才9点多钟。每天都怕鼓风机响，今天却盼着它响！关了灯，师生三人坐在窗前，侧耳静听伙房里的动静，王小虎手里拿着个搪瓷茶盘，紧张得手心直出汗。

柳翠困得上眼皮直找下眼皮，担心地小声说："我奶奶说，那黄鼠狼是很精怪的，它算出来咱们要逮它，不会来了。"

王小虎蛮有把握地说："肯定会来！我爷爷说……"

正说到这儿，忽听伙房里传来了"吱"的一声尖叫，王小虎拿着茶盘子一个箭步就冲了出去，徐老师和柳翠拿着手电、木棍紧随其后，直奔伙房。

伙房门窗都没关，王小虎冲进去，就用茶盘子盖住了坛子口，死死地按住。

只听一个东西在坛子里"吱吱"乱叫，摇得坛子不停地晃动。徐老师进屋拉亮了灯，王小虎叫柳翠帮他把坛子抬到院里，用砖头把茶盘子压住，在坛子周围架上柴禾，点着了就烧。

工夫不大，坛子里的水就烧开了，水汽顶得茶盘子直晃动，柳翠吓得喊起来："快，快！黄鼠狼要跑！"

王小虎笑了："它跑不了啦！"说着，他泼灭了火，掀开了茶盘。

三个人同时用手电往坛子里一照，只见一只一尺多长的黄鼠狼被煮熟了。师生三人相视一笑，松了一口气。

第二天，王小虎捕"狼"的事儿传遍了全村，谁见着他，都要打听这码事儿。

柳翠她奶奶见着王小虎，一个劲儿地夸他："小虎啊！我家柳翠都跟你学得胆大啦！晚上到学校去，再也不用我送啦！"

王小虎脸一红，说："我功课没她好……"说完扭头就跑了。

（丁震宇）

人 小 鬼 大

儿童的思维依赖于他的兴趣与活动,而不是兴趣与活动依赖于思维。

一场足球赛

　　十三中的"三好杯"足球比赛,已经进入决赛,由初三(3)班对初三(4)班。别看这是两支班级球队,可里边有十来个队员都是市少年宫足球队的。可以说,这次比赛实际上也代表了市级水平,所以除了两个班的啦啦队,别的年级也有不少同学到操场上来观看比赛,他们一边看一边喊"加油",那个热闹劲儿,不比在正规球场上差。

　　球赛已经打了九十分钟,可还是不分胜负。眼下正在加时赛中,采取的是"突然死亡法",也就是说,只要有一方进球,比赛就算结束了,进球的队马上就能把金光闪闪的三好杯抱在怀里。

　　正打到第十二分钟时,3 班急于求胜,所有的队员全压到了前场,围着 4 班的球门展开猛攻。这样一来,4 班门前一次又一次告急,多亏守门员表现神勇,总算一次又一次地化险为夷。这不,3班的前锋又一次头球攻门,被4班守门员用单拳打了出来,这球正好落在他们4班中锋乔云涛的脚下,于是乔云涛就带球直奔3班球门而去。转眼间过了中场,乔云涛的伙伴前锋刘宇紧紧地跟在后边,两个人对着3班的守门员,形成二打一的有利局势。

这时候,最紧张的就是3班的守门员马小洋了,只见他弯着腰,伸着手,两眼瞪得像铜铃似的,一眼不眨地盯住了乔云涛脚下的足球。说时迟、那时快,乔云涛已经把球带到了禁区边上,他看准球门的右上角,抬脚就射。几乎是同时,反应灵敏的马小洋一个飞身跃起,就把那个球死死地压在身下。咦,不对,怎么回事?感觉告诉他,压在身下的那个球不圆,而且有一股臭烘烘的味儿。他还没弄清楚是怎么回事呢,身边就热闹起来了。

原来乔云涛刚才猛一射门,把脚上的鞋给甩下来了。鞋朝着球门飞了过去,让马小洋给扑住了,而那球呢,只是让乔云涛给蹭了一下,没往前走,平着向右边滚去。乔云涛身后不是还跟着个刘宇吗,刘宇一看球来了,还以为是乔云涛横传给他的,心想:乔云涛真够哥们儿,把立功的机会让给我了。他憋着劲儿眼疾脚快,不等球停住,就猛来了一脚。这回可是踢了个正着,只见那球流星一般向球门飞去。马小洋不是正好扑住那只鞋吗,球门等于成了空门,那球自然就一下子飞进了网窝。

担任裁判的是体育老师连克成,一个认死理、特认真的人,一看球进了,马上吹哨,宣布比赛结束。“哇!”4班的同学激动得一下子欢呼起来,喊着叫着,冲进场内,把他们的运动员团团包围起来,几个劲儿大的,还把乔云涛、刘宇举起来,把他们当成凯旋的英雄。乔云涛急得直喊:“鞋,我的鞋!”同学们这才注意到乔云涛只穿着一只鞋,于是马上就有几个人跑到3班去要鞋。

再说3班的同学,此刻正气呼呼地围着连老师理论哩,马小洋提着那只鞋,嗓门儿响得比天高:“连老师,你这哨怎么吹的?

他们拿鞋当球骗我,你没看见呀?"连老师也知道这哨吹得不怎么样,一时不知道说什么好了。

这会儿,正巧4班那几个同学替乔云涛要鞋来了。马小洋把鞋一举,说:"这是你们搞阴谋的证据,想要回去,没门儿!""对,别给他们!"四下里一片反对声。4班的同学一看这阵势,好汉不吃眼前亏嘛,掉头就走。

乔云涛一见没要回鞋来,有点儿着急:"没鞋,我怎么回家呀?"刘宇当下脱下自己的鞋,递过去说:"穿我的,我光脚没事儿。""穿我的。""穿我的。"好几个同学都脱下鞋来。刘宇对乔云涛说:"不管谁的,你先穿上,好去领奖呀!""领奖?"乔云涛眉毛一拧,"那合适吗?"刘宇不服气地说:"管他呢,服从裁判就得了呗!"

这时,学校的大喇叭响了:"同学们请注意,原定今天下午举行的三好杯足球赛发奖仪式,因故暂停。什么时候举行,另行通知,另行通知。""哇——"广播声还没停,只听3班那边一片欢呼声,这下4班的同学可奄拉脑袋了,刘宇他们要去找连老师,被乔云涛拦住了。乔云涛说:"算了,别去争了,怪没意思的,咱们还是让学校决定吧。"乔云涛一边说着,一边干脆把另一只脚上的鞋脱了下来,光着脚走回教室。刘宇他们一看,索性也脱下鞋来。转眼之间,4班竟成了"光脚班"了。

这天放学,乔云涛回到家里,妈妈一见他那样子,皱着眉头问道:"是不是又跟人打架了?"乔云涛摇摇头,打来一盆水,一边洗脚,一边把事情的经过向妈妈说了一遍。他妈妈听了,轻轻拿起那只剩下的球鞋,眼泪"啪嗒啪嗒"掉了下来:"这鞋太旧了,走路都不跟脚了,使劲儿踢还不……"

乔云涛妈妈的伤心是有来由的。原来,乔云涛的爸爸有病,长年没上班,妈妈工厂的效益又不好,乔云涛早就想买双鞋,可家里连吃的菜都是算了又算,他怎么忍心开口再要父母去替他买那种即使最便宜也得要几十元钱一双的球鞋呢？哪知今天比赛场上，偏偏就因为这双破球鞋，惹出了这么一场麻烦。这球算吧，是有点儿理不直、气不壮；不算吧，终场的哨又吹了。他洗了脚，自言自语道："还是听学校怎么决定吧！"

第二天早晨，乔云涛穿着妈妈替他找出来的一双爸爸穿过的布鞋去上学。刚到学校，就听见广播又响起来了："初三（3）班和初三（4）班的同学们请注意，有关足球比赛的事，下午放学后再讨论，请大家先安心上课。"乔云涛听了，什么也没说。刘宇可有些沉不住气了，嚷嚷道："乔云涛的鞋不掉，那球也进了，哼，他们输了还不服气！""就是呀，有什么好讨论的！"一人说，众人和，于是同学们便七嘴八舌地议论开了。刘宇还要说什么，这时上课铃响了，大家这才作罢。

下午第二节课做广播操时，乔云涛突然发现刘宇不见了，他猜想这家伙准为昨天球赛的事去找连老师了。下了操，乔云涛和同学们往教室走去，他们发现刘宇正在教室里朝外张望。刘宇看见乔云涛，挺神秘地说："哥们儿，你猜怎么着，3班真有绝的，把你的鞋当战利品，找了个盒子装起来。"乔云涛问："你怎么知道的？""看！"刘宇说着，从讲台底下拿出一个盒子，说，"刚才你们全去做操了，我趁机去他们教室'盗宝'，把你的鞋给拿回来了。"同学们听了，一下子围过来，都夸刘宇有两下子。乔云涛接过盒子，说："这么做合适吗？""怎么不合适？"刘宇洋洋得意地说，"这本来就是你的鞋嘛！"

突然乔云涛觉得手里的盒子沉沉的，分量不对，他连忙打开看，不由得一愣。刘宇伸脖一看，也"啊"了一声，不说话了。原来鞋盒里装的是一双崭新的球鞋，还是名牌的。同学们惊得目瞪口呆，你看我、我看你："莫非刘宇把别人的鞋当宝盗来了？"

鞋盒里有一封信，刘宇一把给抽了出来，展开，上面写着"乔云涛"的名字。奇怪！

刘宇大声念了起来：

乔云涛同学：

你好！你"飞鞋射门"，我们都很生气，可是事后我们冷静下来，一看那只鞋，什么都明白了。那只鞋实在太破了，太旧了，它是挂不住脚才飞出去的，而不是你在耍花招。乔云涛同学，我们误解你了，请你原谅。事后，我们又了解到，你家庭生活困难，于是，大家集资给你买了这双鞋。希望你穿上它，在球场上大显威风，多射几个"世界波"……

刘宇念不下去了，脸一直红到了脖子根。

乔云涛把鞋递给身边的同学，拿过那封信来，从头到尾又看了一遍，大声喊道："咱们还瞎吵呢，看看人家怎么做的！"他哽咽着，一扭头朝外跑去。

他一口气跑到体育教研室，上气不接下气地对连老师说："连老师……今天……今天下午……"

就在这天下午，三好杯冠军争夺战的加时赛，在学校操场上又重新开始了。连老师哨声一响，开球的初三(4)班马上发动进攻，刘宇把球传给乔云涛，只见乔云涛像一只灵巧的小鹿，飞快地带球向对方的门前冲去，他的脚上，穿着那双崭新的球鞋……

（郑　红）

特别的决定

　　国庆前夕,高二(2)班新转来一个女同学,叫林春艳,她的学习成绩极好,每次测验在班里都是第一名。但她有个怪习惯,无论是课上还是课下,头上总裹着条围巾。这自然引起了全班同学的猜测。

　　这天上课之前,班长为了全班的整齐,要林春艳把围巾摘下来,可她却坚决不肯。说着说着两人都急了。

　　正僵持不下时,班主任李老师走进教室,问:"怎么回事?"班长把事情经过讲了一遍。李老师点点头,说:"我知道了。不过林春艳同学有特殊情况,她有病……"

　　她有病?"刷——"几十双目光齐齐射向林春艳,还有同学悄悄耳语起来,林春艳的脸"腾"地红了。

李老师说:"同学们,这没有什么大惊小怪的。林春艳有头痛的毛病,怕凉,所以她上课时要戴围巾,希望同学们能理解。"大家这才安静下来。

可下了课,同学们忍不住又议论纷纷起来,说什么的都有,有人甚至说,林春艳没准是个瘌痢头,如果不戴围巾,就会露出头上的秃疮。

恰在这时,李老师传达了教委的通知,让学校推选五个品学兼优的学生赴京参加国庆升旗仪式。同学们谁不想参加呢?但选拔要求很高。李老师将准备好的候选名单念了出来,征求同学们的意见,候选人中也有林春艳。

对林春艳,大家认为她确实够条件。她的学习成绩门门在95分以上;她每天总是第一个到校,把教室打扫得干干净净;上次为一个贫困同学捐款,她把自己的300元压岁钱全捐了。可是……

班长忍不住站起来说:"老师,论条件,林春艳够。但我认为,去北京参加国庆升旗仪式,代表着我们学校的形象。怎么能让林春艳戴着围巾参加升旗呢?请老师慎重考虑。"

班长说的不无道理,这一点李老师事先倒是没有考虑到。但是就这样把林春艳拉下来,她怕孩子心里承受不住,想了想,就温和地说:"林春艳,班长的意见是从全局考虑的,有一定的道理,你看……"

林春艳站了起来,脸绯红绯红。她说:"班长说的有道理,但是我希望我能参加,这种活动对我,一辈子可能只有一次,所以我……"说到这里,她伸出双手,用力扯下了自己头上的围巾。

同学们全愣了,他们第一次看到头上不戴围巾的林春艳。这次,同学们可看清楚了,林春艳她不是瘌痢头,她有一头浓密的短发。

可以看得出,李老师对林春艳的举动毫无思想准备,愣在那里半天没有说话。

班长走到林春艳面前,诚恳地说:"春艳,对不起,我错怪你了,我举双手同意你去北京。"

全班同学终于一致同意林春艳去北京参加升旗仪式。

可是没过几天,有个叫刘小东的同学看出了问题,他神秘兮兮地对大家说:"我可以肯定,林春艳是瘌痢头,她戴了假头套。"

一时间,像一滴水掉进滚烫的油锅里,同学们又都七嘴八舌地议论起来,有同学当场就和刘小东打起赌来。

下午上英语课时,老师让林春艳为同学们示范念课文。坐在林春艳后面的刘小东见机会来了,就悄悄地用双手扯住了林春艳的头发,林春艳一站起来,冷不丁被刘小东一扯,于是一个假发套被扯了下来。同学们都看到了:林春艳的假发套下是一颗光光的脑袋!

教室里顿时一片寂静,谁也说不出话来。林春艳像被电击了一下,愣在那里好半天才突然转过身,一把夺过假发套,然后飞也似的跑出了教室。

事情闹大了,班主任李老师闻讯赶来,她生气地把刘小东叫到前面,厉声责问他为什么恶作剧。刘小东低着头,一句话也说不出来。

李老师显得非常激动,声音都有些变了:"同学们,现在我不得不把真相告诉你们。林春艳同学是个癌症患者,为了上学,她顽强地与病魔搏斗,并进行超剂量的化疗。化疗使她的头发全部脱落了。她转学到我们学校来,就是为了不让同学知道她的秘密。前几天,为了上北京,她摘下了围巾。生命对林春艳来讲尤其显得珍贵,所以她更想去看看天安门,更想代表学校像个正常孩子一样参加升旗仪式。但是今天刘小东的举动,又一次伤害了她。同学们,病魔没能击垮林春艳,但你们的讥笑很可能会毁了她……"

此时此刻,全班同学鸦雀无声,大家都在内心品味着李老师的话。

第二天,林春艳没来上学。

第三天,林春艳还是没来上学。

原来,林春艳在家哭了整整一天,爸爸妈妈怎么劝也没有用,她的自卑感又上来了,怎么也没有勇气再以一个光头的形象踏入校门。

周末的下午,一阵门铃响,林春艳的妈妈开门一看,原来是李老师和高二(2)班的同学来了。林春艳的妈妈正要请老师同学进来,忽然,林春艳在屋里尖声叫起来:"妈妈,不要他们进来,不要他们进来!"

但李老师和同学们还是拥进了林春艳的房间。此刻,林春艳没有戴假发,光着脑袋面对着墙,背对着大家。

刘小东上前诚恳地说:"林春艳同学,是我不好,是我伤害了你。我请求你原谅我。"全班同学齐声说:"林春艳,我们欢迎你回学校!"

可林春艳却固执地高声叫道:"不!我不回去!"

李老师走到林春艳身旁,温柔地说:"春艳,咱们班是个优秀集体,同学们知道了你的病况后,都非常难过,他们是无意伤害你的。今天,为了表示他们的诚心,也为了给你一个好的学习环境,全班做出了一个特别的决定,你看……"李老师将林春艳的脑袋轻轻扳过来。

一下子,林春艳呆了,站在她面前的男同学,个个是光头,而所有的女同学,都一律是男孩子式的短短的寸头。男同学的手上是一顶顶帽子,女同学的手上是一个个假发套。班长一声令下:"戴!""刷"男同学扣上了帽子,女同学全戴上了假发套。

林春艳顿时明白了同学们的用意,他们要让自己生活在一个平等的集体里啊!她激动得哭了,频频地向同学们鞠躬,说:"谢谢,谢谢同学们!我一定要鼓起勇气,战胜病魔!"

(范大宇)

礼物

　　暑假期间,黑瞎子沟村来了个城里女孩,她是屯东头韩振山的外孙女,叫甜甜。

　　甜甜很快和村里的山宝、石磊、葛萍交上了朋友,他们爬树掏鸟蛋,下河摸泥鳅,上山采野果,钻洞逮蝙蝠……大家还各自把心中的秘密说了出来……

　　葛萍家境贫困,差点退学,多亏了"手拉手互助活动",省城一个叫陈玉洁的学生和她结成了互助对子。陈玉洁不光为葛萍交学费、书费,还经常写信和她交流学习体会,鼓励她刻苦学习,做个对社会有用的人才。陈玉洁每次来信,葛萍都拿给山宝和石磊看,他们都为葛萍高兴,大家决定要给远方没见过面的好心同学寄一份礼物。

　　寄什么好呢？三个同学看中了一个用长白石雕刻的雄鹰。可是一打听价格，着实吓了一大跳，那只鹰要价一百四十元！

　　于是，葛萍他们准备利用暑假去采长白石，用石料和老板换那只鹰。

　　小伙伴们把这一计划告诉了新来的伙伴甜甜，甜甜忍不住问："长白石好采吗？"

　　见甜甜问，石磊一指远方陡峭的高山，说："看到了吧，那座山叫'鹰见愁'，鹰见愁后面有个七八十米高的镜面砬子，我们用一根长绳，从鹰见愁上放下来，把人吊在半空中，用铁棍撬石头，撬下石头放在背包里背下来。要不，那么高，石头落下来也会摔得粉碎。"

　　"妈呀，那么危险？"甜甜吓得一伸舌头。

　　山宝有些担心地说："危险我们倒不怕，就怕被大人知道了，不让我们干。"

　　甜甜显然有些胆怯，她想了想，就劝道："要我说呀，城里的陈玉洁不一定喜欢那只鹰，如果非要买，我这里有钱，你们就别冒这风险了。"

　　山宝听了直摇头："俺山里人看重的就是这份情，这事我们已经决定了！"

　　晚上，甜甜躺在炕上翻来覆去睡不着，她觉得山宝他们这样做太危险了，自己无论如何要制止这次冒险的行动。甜甜就这样想着，一直到外公家的公鸡叫了头遍，她才迷迷糊糊睡着。

　　等她睁开眼睛，太阳已升起一竿子高了。甜甜吃过早饭，见山宝他们没来找自己，心里就多了个疑问：他们会不会去了鹰见愁？

　　想到这里，甜甜赶紧跑到葛萍家，把自己的猜测告诉了葛萍的母亲。

　　葛萍的母亲听说女儿去了鹰见愁,当时就吓蒙了,忙找来山宝和石磊的父亲,他们一起赶到鹰见愁。

　　此刻,山宝腰上拴根绳子,刚被葛萍和石磊放到山崖半腰,还没动手干活,就被赶来的大人们拉了上来。

　　就这样,一块长白石没采到,还挨了大人一顿揍,山宝和石磊恨死了甜甜,说她出卖朋友,是叛徒,发誓再不理她!

　　山宝和石磊的家长们得知,孩子们冒险采长白石是为了换礼物送给陈玉洁,就凑了一百四十元钱,让葛萍去买雄鹰。可是等葛萍他们气喘吁吁赶到镇上,才知道那只鹰已经被买走了,他们万般无奈,只得买了只小黑熊。

　　从店老板口里他们得知买鹰的竟是甜甜,山宝和石磊当时就气得咬牙切齿,发誓要狠狠惩罚这个背信弃义的城里人。

　　不久,山宝和石磊上山抓了一条蛇,用钳子把毒蛇的毒牙拔掉,然后又找来一个精美的空礼品盒,把蛇放进去,又找来一根绿色的绸带把盒子捆扎好,最后写了张纸条放在盒盖上。

　　纸条是这样写的:

　　尊敬的城里小姐:

　　　这是我们山里的特产,送给你作纪念,相信你一定喜欢。

　　　　　　　　不甘受欺负的山里娃

　　山宝和石磊抱着盒子来到甜甜的外公家,从后窗户一看,甜甜没在屋,于是他们就打开后窗,把礼品盒放到甜甜的床上。

　　回到山宝家,两个人都很兴奋,忍不住你一句、我一句想像描述起甜甜看到毒蛇后被惊吓的狼狈相。

　　这时,甜甜的外公走了进来,一见面就说:"你们跑哪里去了,甜甜找了你们好久。喏,这是甜甜给葛萍的信,你们交给她吧!"

石磊接过信,见没封口,出于好奇,他迫不及待地读起来:

葛萍:

　　爸爸来电话,妈妈病了。为了赶车回城,我只得不辞而别了。那只雄鹰是我买下的,我是想让你们断了买它的念头。放心吧,这只鹰,我替你捎给玉洁,我相信,她一定喜欢。替我问候山宝和石磊,我会永远想念他们的,因为我们是朋友……

山宝歪着个小脑袋,在旁边看着,忽然他有些惊讶地说:"咦,这几个字我看着怎么那么熟悉?"

石磊也回过神来,说:"对,好像是陈玉洁的字。韩爷爷,甜甜姓什么?"

"姓陈哪,叫玉洁,甜甜是她的小名。"

山宝和石磊当时就傻了。愣了好一会儿,石磊才问道:"韩爷爷,甜甜的床上放着一个盒子,她打开没有?"

韩爷爷想了想,说:"啊……没打开,甜甜把它放提包里带走了。怎么,是你们送的礼物?"

山宝和石磊哪还顾得上回答,一前一后冲出门,直向车站方向跑去。远远地,他们就看见甜甜在等车,她手里捧着那个礼品盒。

山宝个子高,跑得快,先石磊一步跑到甜甜跟前,他伸出两只手夺过礼品盒,紧紧地搂在怀里。

甜甜被山宝奇怪的举动闹愣了:"你们这是……"

"我们……改变主意了,这个礼物收回,再送一个别的!"

"为什么?我们全校同学一定会喜欢这只憨厚可爱的黑熊的!你们送的这份礼物太珍贵了,我正要代表全校同学谢谢你们呢!"

两个人被甜甜这不着边际的话闹糊涂了。

山宝低头一看,盒子早已打开,再仔细一瞧,里面装着的竟是一只憨态可掬的小黑熊。

山宝和石磊大眼瞪小眼,如坠入云雾之中。

这时,葛萍也急急赶来了,见他们那副模样,不由"噗哧"笑出了声。原来,葛萍并不赞成山宝他们作弄甜甜,因此在暗地里悄悄地将礼品盒里的东西掉了包。

误会解开了,小伙伴们又成了好朋友。他们相约,明年暑假再会!

(宋利民)

校园里的拍卖会

　　陈红和马明是北山中学初二(1)班公认的"智多星",可眼下,却有一件事让他俩伤透了脑筋。

　　他们班上有个叫于庚的同学,母亲双目失明,无力劳作,父亲最近又不幸因病举债入院。贫困之家已不堪重负,懂事的于庚含着泪水离校辍学了。

　　于庚是全班勤奋好学的尖子,他的辍学,一下子牵动了老师和同学们的心。老师发动全班同学为于庚捐款,但于庚自尊心很强,坚决不肯接受。无奈之下,同学们都指望陈红和马明,希望他们俩能拿个好主意出来。

　　这天放学后,陈红和马明不约而同来到了于庚的家里。两人搜肠刮肚地安慰着痛苦的于庚,可自己却憋不住长吁短叹,鼻子一阵阵发酸。

见此情景,于庚从他那宝贝小木箱里拿出一张精致的纪念卡和一本厚厚的数学练习簿,分别递到陈红和马明的手里,强笑道:"我是上不成学了,你们俩好好读书吧,这两样东西给你们留个纪念。"

马明连忙推辞说:"于庚,这两样东西,是你的心爱之物,我们不能要。"

这时,老半天没吭声的陈红忽然一拍巴掌:"哎,有了,有了!"她双眼发亮,一把拉住于庚道,"事到如今,我倒有一个办法,准能帮你重新上学!"

性急的马明顿时来了精神:"啥办法?你快说呀!"

待陈红大致一说,于庚将信将疑地摇摇头:"这,这能行吗?"

陈红说:"行,我看能行!"

第二天一早,北山中学校园里的宣传墙上,新贴了一张大红广告。

> 为资助因贫困而辍学的于庚同学重返校园,定于今日下午5点钟,在本校饭堂进行若干件特殊物品的拍卖,欢迎大家光临。
>
> 初二(1)班特别行动小组

同学们看了之后都觉得挺新鲜,下午放学的铃声一响,饭堂里熙熙攘攘挤满了人。

只见两张饭桌拼在一起做成了拍卖席,一只旧乒乓球拍儿用作拍捶。陈红毕竟是女孩子,望着这么多同学,她既兴奋又紧张,因为她只是在电视里见过人家那拍卖的样子,自己还从没经历过哩。

倒是马明显得比往常沉稳老练,他朝陈红使了个眼色,给她打气说:"别紧张,咱乡下锣鼓乡下敲,不管啥仪式不仪式,能卖出钱就行。你当拍卖师,我来主持!"

说罢,他咳嗽一声给自己壮了壮胆,说道:"同学们,大家都知道,于庚同学由于家境贫困而辍学了。为了能筹到一笔钱,使于庚同学重新读书上学,我们决定拍卖于庚同学珍藏的两件具有特殊意义的物品。现在拍卖开始!"

陈红于是从拍卖席旁勇敢地站了起来。她先高高举起了于庚那张精致的纪念卡,用清亮的嗓音一字一句道:"这是于庚同学去年参加全省中学生物理竞赛的纪念卡,上面有全省60多位参赛选手的签名,底价150元!"

谁知这底价一报,并没有出现他们从电视上看到的那种你喊他报的竞价场面,同学们"叽叽喳喳"了一阵后就没了动静。

没有买主!

过了好一会儿,才有个同学红着脸低声开口道:"马明,这张纪念卡很珍贵,我想买下来收藏,可我只有25元钱……"

没等他说完,又一个同学插嘴道:"是呀,我也想买,我身上才30元钱,也不够。"

马明和陈红这才想到,他们毕竟没见过世面,这次"特别行动"忽略了一个顶顶重要的问题:同学们当中,有谁能掏得出那么多钱呀!

可要是买价比底价还要低,那还叫啥拍卖?

七嘴八舌中,又有几个同学异口同声道:"哎,钱不够,要是大家一块儿凑凑,不就行了吗?为了于庚同学,我们大家都算上一份!"

陈红和马明互相看了看,为难地摇了摇头:"我们这是拍卖,不是捐款呀。再说于庚同学也不愿意接受同学们的捐款。"

眼看这次满怀希望的拍卖行动要泡汤落空,陈红和马明一筹莫展,难过得快要在拍卖席上掉下泪来!

就在这收不了场的难堪当口,饭堂后面一阵骚动。陈红和马明抬头一看,只见门外进来了许多伯伯、叔叔和阿姨。

原来,他们今天是来校参加部分学生家长座谈会的,这会儿座谈会刚结束,就被孩子们吸引过来了。起先,他们不知道是怎么回事,经了解,才知道拍卖会的来龙去脉。一时间家长们交头接耳,议论纷纷。

一位挤在最前面的中年人开口道:"这张卡我要了,回去给我儿子看看,促进促进他。"

马明和陈红不由一振,心"怦怦"跳了起来。

马明忙抓过那乒乓拍,正要往下敲,后面一位胖大嫂又喊了起来:"我出 200 块,纪念卡我要了。"

中年人还没反应过来,纪念卡已被胖大嫂抢了过去。胖大嫂随手又掏出了 200 元,对中年人说:"我儿子不争气,这张卡你就让给我吧,别跟我争了。"

这真是柳暗花明!

接下来,陈红又举起了那本数学练习簿,对大家介绍说:"这本数学练习簿,是于庚同学对一道趣味数学难题的演算过程。为了独立思考攻克这道难题,他一遍一遍反复演算,直到第 68 遍,终于得到了最佳演算办法和准确答案。著名数学教授李明渊博士,在这本练习簿上亲笔写下了评语:勤奋向上,刻苦成才。这本练习簿底价是 100 元!"

陈红的话音刚落,人群里又是一阵议论,看得出,人们对这本作业簿产生了兴趣。

这次底价报出后,来得更干脆,先前那个中年人叫道:"这本练习簿我要了! 我出 230 元!"说完赶紧挤上前递出 230 元钱,把那本练习簿拿到了手里。

接着他扭过头,不好意思地对众人道:"我可把身上的钱全都掏出来,大家就甭跟我再争抢啦!"那样子生怕别人再跟他抢似的。

　　一旁的马明乐得抓起乒乓拍儿一个劲地敲,引得大家都笑了起来。

　　拍卖大获成功!

　　陈红和马明怀着成功的喜悦,正要宣布结束,忽听饭堂门外有人喊道:"请等一等!"

　　随着喊声,一个黑黑的中年汉子挤了进来,原来是新来的赵副镇长,作为主管教育的乡镇领导,他是来学校参加那个家长座谈会的。

　　这会儿,只见他走到拍卖席前,说:"我来晚了,不过,机会总算没有错过,这里还有一样东西,尽管它没有被摆到拍卖席上,也没有报出底价,可我还是要在你们的拍卖席上把它买下来。"说着,他面朝众人高举双手展示了一张红纸,原来就是贴在校园宣传墙上的那张拍卖广告。

　　赵副镇长一字一顿地说:"刚才我是看到这张广告才赶来的,尽管我知道,它是无法用价格来计算的,我也拿不出很多的钱,况且这样做又不符合拍卖规则,但我还是想要这件东西。"然后他掏出一叠钱,提高嗓门,以坚定的语气说:"我出 500 元,我要把这张不同寻常的拍卖广告带到镇政府,牢牢地贴在心上!"

　　话音刚落,静静的饭堂内外掌声骤起!

　　学校里的老师们闻讯,也先后赶来了!

　　在同学们的簇拥下,马明和陈红兴奋地上前,紧紧搂住了满脸是泪的于庚,久久无言……

(叶林生)

可怜的爸爸

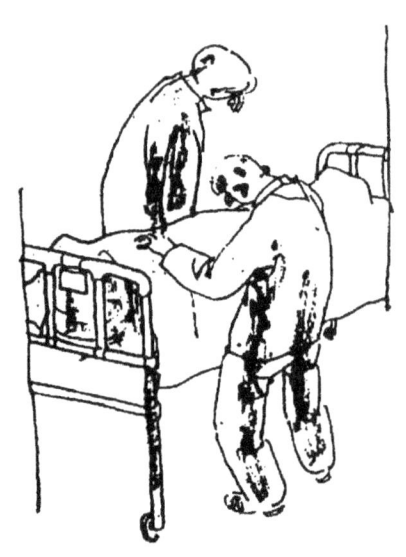

最近,三星中学初二班来了一个新班主任。

俗话说,新官上任三把火。为了把教学质量抓上去,新班主任连续召开了好几次家长会。可每次开家长会,班级同学罗小为的家长总是缺席,班主任感到很奇怪,就问罗小为到底是怎么一回事。罗小为每次都说"爸妈都不在家",班主任怀疑罗小为在撒谎。

这天下午放学后,班主任把罗小为叫到办公室,特意叮嘱他:"今晚要开家长会,如果你爸妈再不参加的话,明天我不会让你进教室的!"

罗小为这下慌了神,他低着头走出办公室,一声不吭,不知应该怎么办。

这是怎么回事呢？原来，罗小为的爸爸、妈妈都是残疾人，爸爸是个"罗锅"，妈妈断了一只胳膊。而且，他的爸妈都在收购站工作，每天只和那些臭气熏天的破烂打交道。别看罗小为只读初二，可人小鬼大，除了好朋友刘鑫鑫，他从不对同学们说自己爸妈的事儿，也不带同学到家里玩。他的爸爸、妈妈呢，除了把罗小为打扮得小公子哥一般之外，也好像从不提什么"非分要求"。

说来也巧，耷拉着脑袋罗小为从老师办公室走出来，正好被他的好朋友刘鑫鑫看到，刘鑫鑫忙走过来关切地问："罗小为，你怎么啦？"

罗小为一脸晦气，细声嘀咕道："老师说，今晚又要开家长会了！"

刘鑫鑫一听就知道是怎么回事了，就劝罗小卫说："你还是叫你爸妈来参加吧。"

罗小为抬起头，倔强地说："我不！我不能让同学们嘲笑我！"他抬起头，带着羡慕的口吻接着说，"我要有个当经理的爸爸就好了。像杜晓波的爸爸，每次来开家长会都是坐小轿车的，你瞧人家多神气哇！"

"那怎么办？"刘鑫鑫挠挠头皮，不吱声了。

罗小为使劲地拍着脑袋，忽然灵机一动，问刘鑫鑫："你能不能替我请一个人来参加家长会？"

刘鑫鑫吓了一跳，说："什么，请一个人？我不干！"

罗小为急了，拉住刘鑫鑫恳求道："帮我一次忙吧！好同学，算我求你了！"

刘鑫鑫迟疑了，想了一会儿，咬着耳朵说："那……你出多少钱？"

"五块。"罗小为说完，连忙掏出五元钱。

刘鑫鑫接过钱，犹豫着说："我试试看吧。"

晚上开会时,刘鑫鑫果然为罗小为请来了一个相貌堂堂的"爸爸"。这个假爸爸发言时谈吐不凡,口若悬河,罗小为看在眼里,喜上眉梢,心想:还是假爸爸好。

此后,又开了两次家长会,假爸爸为罗小为挣回了不少面子,可这又引起了罗小为的"经济危机"。罗小为的爸妈每个月给他五元早餐费,现在是远远不够数了,罗小卫把买参考资料、学习工具的钱都垫上了,这些都是瞒着爸妈的。他爸妈对他期望很高,自己平时省吃省用,可用在罗小为身上却很大方。这一段时间,他们拼命工作,别人两天公休日,他们却轮换着拾垃圾。要是知道罗小为把正常的学习费花在请假爸爸上,那不揍死他才怪哩!

半个学期过去了。这天,罗小为被班主任叫到办公室。班主任紧绷着脸,厉声说:"罗小为,你知道你这次的考试成绩吗?倒数第一!你马上回去把家长叫来见我!"

罗小为心慌了。他现在最担心的,还不是考试成绩倒数第一、第二,而是担心一时三刻请不来假爸爸。如果这西洋镜揭穿,他罗小为要被同学们笑死了。想到此,他三步并作两步找到刘鑫鑫,抠出身上仅剩的几块钱,又羞又急地说:"你、你马上、马上把那个假爸爸请来!"

"为什么?"

"你先别问为什么,赶快给我去请!要快!要快!"

刘鑫鑫看罗小为真的着急了,也就没多问,骑上自行车就飞奔而去。

罗小为还不放心,追在后面大喊:"要快!要快!"

一个小时过去了,假爸爸还没有来,罗小为急得直搓手。正在这时,只见一个人慌慌张张地来到学校,先在老师的耳边嘀咕了几句,然后走到罗小为身边,对他说:"你快回家吧!"

"怎么了,家里出了什么事?"

"你爸爸遇了车祸。"

罗小为闻听此言,头皮一麻,连忙紧随来人迅速赶到了医院。这时,他爸爸刚刚被人从手术室推出,妈妈俯在推车边,呼天抢地,大声哭喊着。

罗小为心里一阵酸楚:爸爸死了!罗小为哭着,紧紧抱住妈妈问:"爸爸怎么会遇车祸的?"

妈妈两眼喷着火,怒喝道:"你还问得出来,还不都是为着你!"

罗小为愣住了:"怎么是为了我?"

妈妈擦了擦眼角的浊泪,哭诉道:"我和你爸都知道,你不愿意让同学们知道你的爸妈是残疾人,所以每次学校开家长会,你都不让我们参加。后来,你花五元钱要刘鑫鑫为你请一个假爸爸去开会,刘鑫鑫后来因五元钱根本请不到人,就找到你爸爸说明了真相。你爸爸当初听到这一切,难过得大哭了一场。后来,还是和我商量,拿出我们捡破烂卖得的五十元钱,为你专门请了一个开会的'爸爸'。每开一次会,我们就得拿出五十元钱。今天,刘鑫鑫慌慌张张地又来告诉你爸,说要家长马上到学校去。你爸不知又发生了什么事,急忙出门去为你请那个专门开会的'爸爸',忙乱中,被迎面来的一辆汽车……你爸爸死得好惨哪!"

罗小为听到这里,早已泪流如柱。他默默地站起身来,悄悄走到医院大门口,忽然发疯似的朝自己拼命捶打起来……

从此,罗小为好像变了一个人,待人接物十分坦然,而且学习十分用功。

家长会上,每次也都有一个断臂母亲出现,还有一个孩子乖乖地依偎在她身边,紧紧陪着她。

（刘国祥）

我们的心愿

　　这年夏天,天很闷热,热得知了躲在低垂的树叶中间,声嘶力竭地哀鸣。

　　这天午休时,黑岭中学初三(2)班学生晓兴头枕着手臂在睡午觉,可是教室里没一丝风,他翻来覆去睡不着,不由地想到以往睡午觉的时候,李老师总是摇着大蒲扇,在一排排课桌中间,一边走一边扇,教室里阵阵凉风吹来,不消一会儿同学们就睡着了,等到醒过来一看,李老师还在走着、扇着……

　　一想到李老师,晓兴更睡不着了。

　　今天早上,听杨老师说李老师病了。晓兴想:李老师是个单身汉,生了病没人照顾,自己反正睡不着,倒不如去看看他。于是,晓兴约了吴勇、吕军、许晓花、李芸四个同学,上李老师家去了。

李老师的家离学校不远，是一幢旧楼房的亭子间。晓兴等几个同学顺着黑洞洞的楼梯摸上去，门虚掩着，他们轻手轻脚推开门，走了进去。

一进门，一股热气迎面扑来，咳，这小屋子简直像个大蒸笼！

晓兴朝房间四周望望，见屋子里又乱又脏，地上还放着一盆换下来的衣服。他想：李老师在学校里是个能干的好老师，可在家里却一点不像个能干人呀！

李老师躺在凉席上，脸朝里睡着了，只见他浑身是汗，背心湿漉漉地贴在背脊上。晓兴马上拿起蒲扇，轻轻地替李老师扇了起来。

其他几个同学也替李老师整理房间，帮他洗那盆脏衣服。李老师醒来后，感动得一时不知说什么好，眼睛都潮了。

在回学校的路上，同学们议论开了。他们觉得李老师生病没人照顾，太苦了。

晓兴说："我们应该给李老师找个老婆。

许晓花皱了皱鼻子："老婆老婆，难听死了，人家都叫爱人！"

"对，给李老师找个爱人。"

可是，上哪去找呢？大家都犯难了。

突然，吴勇用拳头捶了一下脑袋，说："有了！我们在报纸上登个广告。"

吕军一听，立刻手舞足蹈叫起来："这么写：中学教师李新有，男，三十六岁，身高一米七〇，相貌一般，有愿意做他爱人的，请找黑岭中学初三（2）班晓兴联系……"

吴勇又喊了起来："还得写上：李老师是共产党员，先进工作者，省、市优秀教师，驰名省内外的……"

"哈哈哈……"同学们听吴勇这么说，都按着肚子大笑起来。

吴勇见大家笑，搔着脑袋说："这有啥好笑的？实事求是嘛!"

"这办法行不通。"李芸边笑边说,"报纸上从来不登这种广告。再说,登广告要几百块钱,我们也出不起。"

大伙一听,又犯了难,一个个低下脑袋,边走边想起来。

不知不觉中,他们就走到了教室门口,晓兴忽然兴奋地说:"我们告诉全班同学,让大家一块儿想法子!"

说完,他"嗖"的冲进教室,大声叫了起来:"同学们,我们刚才去看李老师,他没有爱人,生了病没有人照顾,我们大家想个办法,帮他找个爱人。"

同学们"哄"地一下都笑了。可一看晓兴一本正经的样子,大家又都止住了笑,仰着脑袋想起办法来。

这时,教室角上响起了一个沙哑的声音:"谁有姐姐?把她嫁给李老师不就行了嘛!"

"对!"晓兴的眼睛一亮,"有姐姐的举手!"

立刻,有一二十只手举了起来。

晓兴挨个儿问下去:"你姐姐几岁?"

"十七岁。"

"这怎么可以嫁人?你的呢?"

"十六岁。"

"唉呀,你们拿我开玩笑是不是?"晓兴有点发火了。

几个同学不满地说:"你自己说有姐姐的都举手嘛!"

"好好好,现在有二十几岁姐姐的举手。"

只有一只手还举着。

晓兴走上去问:"你姐姐几岁?"

"二十六。"

"二十六?好,好……"

那女同学怯生生地补了一句:"她已嫁人了。"

晓兴把眼一瞪,真的要发火了。

这时吕军拉拉他的衣角,说:"我有个阿姨,二十七岁,还没嫁人呐!"

"真的?"晓兴顿时高兴起来。

"来来来,外面来讲。"吕军把晓兴他们四个拉到教室外面。

李芸担心地问:"你阿姨人好不? 假如是一个大懒虫,那可不行!"

"怎么会呢?"吕军把眼一翻,"我阿姨可勤快呢,就是脾气不太好。"

晓兴说:"这没关系,李老师是老师,可以教育她。"

但在第二天,却发生了一桩意料不到的事情。

这天,李老师病刚好了一点,就来上课了。中午,吴勇急急忙忙跑到晓兴身边,轻声说:"晓兴,好事儿,有个阿姨来看李老师了! 她跟李老师可亲热啦,说不定就是李老师的女朋友!"

"真的?"晓兴瞪大了眼睛,拉了吴勇,再找到吕军,三个人就去实地侦察。

他们来到李老师办公室窗前,吴勇朝里面一指,说:"瞧,就是那个!"

晓兴仔细一看,果然有一个年轻阿姨,正坐在李老师对面。

正在这时,李老师转身走了出去,他们连忙绕到了对面窗口前,这儿正靠近阿姨坐的办公桌。

他们三个脑袋一起伸了进去。

那阿姨抬头一看,愣了一愣,晓兴连忙说:"我们是李老师的学生。"

阿姨笑了,笑得很甜,脸上还显出了两个浅浅的酒窝,真漂亮!

晓兴问她:"阿姨,你是来看李老师的吗?"

阿姨点了点头,用普通话说:"我是从北京来的。"

他们想:嘿,这下可没错了! 从北京来,来看李老师,除了李老师的女朋友还会是谁？

三个人互相挤挤眼，会意地笑了。

吕军嘴快，张口就蹦出了一大堆好话："阿姨，咱们李老师可好啦！他工作认真，爱护同学，对我们同学就好像……好像亲爸爸一样……"

晓兴没等吕军说完，就抢着说："阿姨，你别看李教师矮了点儿，他可是天下难找的好人哪！不信，你去问问咱们班同学，哪个不夸他……"

三个人正说得眉飞色舞的当儿，旁边突然响起了一个声音："你们在说什么呀？"

三个人回头一看，呀，李老师回来了。

阿姨站起身，笑着说："哥，这群小家伙……"

哥？闹了半天，原来这阿姨是李老师的妹妹！三个小家伙吐了吐舌头，扮个鬼脸，一溜烟地逃走了。

他们跑去给许晓花和李芸一说，两个女孩笑得前仰后合。笑过后，他们商量决定，让吕军的阿姨早点和李老师见面。

晚饭后，晓兴、吴勇和李芸、许晓花四个同学一起来到了李老师的家。李老师打开门，一见是他们，忙请他们进屋。

但他们没进屋，晓兴支吾着说："李老师，我们想……想跟您一起去散散步。"

"散步？"李老师吃不透他们的用意，笑着问。

"唉呀，李老师，您就和我们一起去嘛！"许晓花摇着李老师的右胳膊恳求着。

李芸也缠着李老师的左胳膊说："李老师，您也得休息一会儿呀！"

嘿，到底是女孩子说话有用！李老师终于答应了！

四个小家伙和李老师一起走在公园的林荫路上，月亮从树林前面探出半个脑袋，好像在偷眼瞧着他们，漫步在他们身旁的,全是一对儿一对儿的。

晓兴想着他们就要进行的伟大计划,激动得脸有点儿发烧,他又看了看小伙伴们,他们的脸也是激动得红红的。

终于,他们到了约定的地点———一棵大槐树底下的长椅上。果然,吕军和他的阿姨正坐在那儿呢。

吕军一见他们,立即站起来,结结巴巴地说:"阿姨,这、这是……我们的……李老师。"

晓兴见吕军慌得说话都结巴了,马上指着吕军的阿姨,对李老师说:"李老师,她是吕军的阿姨。"

李老师先怔了怔,但马上已猜到几个小家伙的用意了,他回头环视了一下他们,那眼神说不上是感激还是责怪。

晓兴一缩脖子,轻轻地说了一声:"快跑!"几个小家伙"呼"一声全跑了,他们躲进树林里,偷偷地瞧着大槐树下那两个人影儿……

谁知还不到两分钟,李老师便转过身,向他们这边走来。吕军的阿姨呆了一会儿,朝另一方向走了。

许晓花轻轻叫了起来:"啊呀,他们怎么这么快就分手了?"

吴勇垂头丧气地说:"唉,完了,我们失败啦!"

晓兴连忙拉了他一把,说:"走,问问李老师去!"

吕军说:"我先上阿姨那儿去看看。"便追阿姨去了。

李老师正低着头,反剪着双手,慢慢地踱着步子,几个小家伙"呼啦"一下围住了他。

李老师没等他们开口,就笑着说:"好哇,你们这群调皮鬼,搞的什么鬼把戏?"

"这个……这个……"晓兴喉咙口像打了结似的,没词儿了。

"李老师,你们谈了些什么?"许晓花连忙转了话题。

李老师笑了笑,没吭声。

这时,吕军气喘吁吁地跑了过来,把几个同学拉到一旁,说:

"我阿姨说,李老师对她讲,这是咱们闹出来的误会……"

"误会?"晓兴委屈地嚷嚷起来,"我们辛辛苦苦,难道是为了闹一场误会?"说着,他眼泪都掉下来了。

李老师显然已经听到了晓兴的话,黑暗中,他们看不清李老师的脸,不知他是高兴还是难过,只见他亲切地说:"时间不早了,快回去吧!"

他们静静地跟着李老师向前走去,"踢踏踢踏"的脚步声,在幽静的小路上响着,月亮已经远离树梢,它那淡淡的、柔和的光,泻在树上、地上,也泻在他们的身上。

晓兴看了看李老师,他发现,此刻,李老师的脸像一尊青铜塑像。

李老师在沉思着……

终于,李芸打破了寂静,问:"李老师,您真的不想结婚吗?"

李老师想了想,轻声儿说:"老师有过爱人,可是,死了……现在,工作这么忙……"

又是一阵沉默,大家都在想,想着李老师的话……

这时,响起了许晓花尖尖的嗓门:"李老师,您难过吗?"

李老师俯下身子,抚摸着同学们的头,轻轻地说:"不,老师很幸福,很幸福,因为有你们……"

（高新征）

笔友

市四中学有个学生叫宁儿，是个性格内向、沉默寡言的女孩。她虽然相貌平平，学习却是全校拔尖的，因此，她受到家长的关爱、老师的欣赏和同学的羡慕。她眼界高，常常想将来要做一位出色的女企业家。

由于老师常常过多地表扬她，同学们对她"望而却步"了。而她心想：你不睬我，我也不来睬你！因此她便独来独往，孤芳自赏。

但是，一个青春年华的女孩怎能耐得住这种"茕茕孑立，形影相吊"的煎熬呢？她感到孤独苦恼。

一天，她收听广播，听主持人说：有位名叫"小飞"的女孩要征笔友。而那个女孩的年龄、爱好、志向都和她相仿。宁儿抱着试试看的心情,迅速记下"小飞"的地址,并情不自禁地提笔倾诉起自己孤寂无奈的心情,希望能和对方交朋友。

几天后,宁儿果真收到了回信!她兴奋地打开,激动地品味着这份充满浓浓友情的信,一连读了好多遍。除了那份难以名状的喜悦之外,宁儿总觉得这字体似曾相识,可就是想不起这人到底是谁?由于小飞使用的是邮政信箱,家庭及学校地址无从知晓。就这样,一封封沉甸甸的信便在她和小飞之间不断穿越。她们谈理想,谈生活,海阔天空,无所不及。通过半年多的通信,在小飞的开导下,宁儿开朗多了,也主动和同学们接触,愿意接近她、和她共处的同学也多了,宁儿脸上有了笑容。

可是有一天,宁儿得知父母工作调动,要搬到别的城市定居了。她怎么舍得说走就走?可生活往往是无情的。宁儿满腹愁绪地写信把自己要走的消息告诉小飞,并要求临行前能见她一面。

这天,宁儿接到一个电话:"喂,宁儿吗?"

"是的。哪位?"

"我是……我是'小狐狸'。"

"什么?"宁儿拿着话筒,脸色一下子发白。

"喂,宁儿,对不起,我一直都瞒着你。'小飞'就是我!"

"你……"宁儿被这突如其来的小狐狸惊呆了,手中的话筒滑落下来。此时,她的心里像倒翻了五味瓶,一幕幕往事又浮现在眼前。

被称为小狐狸的女孩,叫陈菲,是宁儿的同学,曾是全校公认的大美人。她和宁儿都当过班长,曾是一对好朋友。她俩学习不相上下,可在老师和同学的眼里,陈菲是班里最美丽、最可爱、最有才气的天才少女。这些都让宁儿打心眼里不服,背地里给她起了个"小狐狸"的绰号。在这种偏见和嫉妒心理的驱使下,好朋友成了大仇人。

有一次，一向都严格要求自己的陈菲迟到，让当周值日班长宁儿抓住了，陈菲刚踏进教室时，宁儿正站在讲台上带同学们上早自习。宁儿看到陈菲走进来，立即沉下脸，俨然像个审判官，说："你已经迟到半个小时了！"

"我……"

"行了，你身为班长，不严格要求自己，还有什么资格对同学们指手画脚的。"

"宁儿，我……"

"怎么啦，难道大美人大清早就去学雷锋了？"她这话顿时引起哄堂大笑，笑得陈菲红着脸低下了头。可宁儿仍不罢休，继续说："现在，你下去吧，别耽误大家出操。"

陈菲坐到自己的位子上，眼泪禁不住像断线的珠子直往下掉，同学们谁也没起身往外走，都同情地看着陈菲。

宁儿一见更加来火，大声斥道："神经，有什么好哭的？有些人以为自己哭时最妩媚动人。"

"你！"陈菲咬咬嘴唇，擦掉眼泪站起身来，对大家说，"大家快去出操吧！"同学们一听，"呼啦"一下向教室外拥去。

有个走在陈菲身旁的女生不平地说："宁儿太过分了，她是在嫉妒你，真是个小人！"

陈菲说："别说了，本来就是我迟到了。"

可宁儿听她这么说，不但没说陈菲大度，还从嘴里挤出一句："虚伪！"然后气呼呼地故意从陈菲身边擦过，狠狠地瞪了她一眼。

后来，学校开展"英语口语演讲"比赛，每班只限一人参加。外语老师主动提出让陈菲去参加，可陈菲却在课后找老师要求，把这次机会让给宁儿。老师同意了。哪料宁儿因为过于紧张，演讲时结结巴巴，还把最后两段的内容忘得一干二净，羞得哭着跑下了演讲台，遭到同学们的讥笑起哄。

外语老师气愤地对宁儿说:"你太让我失望了!本来我让陈菲参加,可她非要把这么好的机会让给你,而你却……"

哪知宁儿听了,两眼冒火,心里恨恨道:又是这个臭狐狸,有意来害我!让我丢人出丑。哼,此仇我一定要报!

宁儿暗中酝酿着报复计划。这天放学后,宁儿悄悄溜进老师的办公室,把一张纸条压到墨水瓶下面,然后慌慌张张地离开了。第二天下午开班会,老师沉着脸走进教室。一见老师那难看的脸色,宁儿心中暗喜,她深知这位班主任性子急,心又粗,看了昨天那张纸条一定气得大发雷霆。

果然没出她所料,只听老师说:"同学们,你们见过戴面具的人吗?当然,我指的不是玩具面具。"他顿了顿,"陈菲,你见过吗?"

陈菲平静地回答:"老师,您指的是虚伪的人。"

"对,我指的就是你这个虚伪的人!你太让我失望了。"

陈菲一听,惊得瞪大了眼睛。

老师依旧声色俱厉地说:"平时,你表面上老老实实,可没想到,你小小年纪居然谈起恋爱来,还厚着脸皮常常往人家家里跑。这个男孩被你缠得实在是忍无可忍,才偷偷地给我写了这张条子。"

陈菲被老师的话吓得嘴唇发白,四肢发抖,连连说:"不,我没有,请老师相信我!"

老师见她抵赖,火更大了:"你?那张条子又怎么解释?怪不得有人背后叫你小狐狸!"

陈菲声泪俱下地说:"不,老师,别这样,我真的没有!"

老师气得头也不回地摔门而去。宁儿一看这比自己预料的结果还好,不由心花怒放。她站起来,走到陈菲身旁,故作同情的样子说:"陈菲,别难过了,也许是老师弄错了。"

"宁儿,你……"陈菲泣不成声地推开宁儿就往外跑……

从那以后,陈菲再也没来学校上课,但谁也不知道原因。后来,有人说她搬家了。

宁儿做梦也没想到,两年前的冤家,如今却成了她吐露心事的对象,成了帮助她、鼓励她、让她心中常常惦念的笔友。她觉得这一切好像是在和她做游戏,和她开了个大玩笑。

几天后,当宁儿就要与父母踏上远行的列车时,她又收到陈菲的来信。宁儿坐在列车上,向这座城市深情地望了一眼,然后慢慢地拿出信来。

宁儿:

　　自从和你通信半年多来,我才真正了解了你,其实你是个很可爱的女孩。

　　我知道,那封情书是你悄悄放到老师办公室的,那天我最后一个搞完值日,看见你慌慌张张地从办公室跑出来。老师在班会上当众说了我之后,我昏昏沉沉地跑到街上,不料被摩托车撞了,从那之后,我就成了残疾人。后来父母为了我坐轮椅方便,搬到了一家平房。宁儿,我不恨你,也许一切都是命中注定的吧? 这世上不会有太完美的东西。

　　只希望我们依然做笔友……

列车已经缓缓地开动了。宁儿心如刀绞,她泪眼蒙蒙地望着窗外,心里在说:小飞,对不起! 我一定要偿还所有欠你的……

(天　圆)

青 春 烦 恼

一切过渡都是危险的。而最危险的,是从家庭圈子的约束过渡到社会上的无约束。

小男子汉

张佩今年上高三,尽管嘴巴上刚刚长出一层绒毛,可他已经觉得自己是个堂堂正正的男子汉了,所以不管是在学校里还是在大街上,碰到看着不公道的事,他总要挺身而出打抱不平。他这么爱管闲事,听到的赞扬声不少,可有时也吃了不少亏。

就拿昨天在公共汽车上的事来说吧。

张佩昨天到姥姥家去,上车才一会儿,就发现一个打扮入时的姑娘,趁着车上人多拥挤,把手伸进了旁边一个老头儿的口袋里。张佩见那老头儿个头不高,一只手抓着扶手,已经很吃力了,根本没注意到来自身后的威胁,于是张口就要喊"抓贼"。

正在这时,车前方突然冒出一个骑车的愣小伙子,司机一扭方向盘,车上的人全都来了个趔趄,张佩趁此机会,挤到了老头儿和那姑娘之间。

眼看到了嘴边的肉吃不上,那姑娘自然不肯善罢甘休。只见她把自己的身子贴住张佩,大声叫道:"哎哟,这小兔崽子才几天不吃奶,就动手动脚呀!"

张佩没想到她会来这一手,一下子愣住了。

只听那姑娘不依不饶地叫着:"好啊,咱们上派出所去。"姑娘的脸红红的,眼眶里居然还转着泪花,乍一看,还真像受了委屈似的。

就在这时,车到站了,站在张佩身边一个四十多岁的男人推了张佩一把:"你还不下车,真想上派出所挂号呀?"张佩就这么让他给推下车来。

张佩可不想这么窝囊,他还想跟大伙儿说明真相,可就在这时,车子又重新启动了,车窗里还传出一阵阵对张佩的责骂声。张佩委屈得真想大哭一场,他强忍着泪水往家走,一边走一边安慰自己说:"身正不怕影子歪,我又没干那种事。"

走着走着,他无意中往口袋里一摸,不由得吃了一惊,他的钱包不见了,里边除了三十多块钱,还有一张月票。车子早已没了踪影,没办法,张佩朝车子远去的方向瞪了一眼,只有无可奈何地叹气,自认倒霉吧!

可这倒霉的事情并没有完。张佩万万没有想到,过了几天,校长把他找了去,把月票交给他,说是一位乘客在汽车上捡到的,按照月票后边的地址给他寄来的。那人还写了一封信,说张佩在车上对姑娘有越轨行为,希望学校严加管教。

张佩听了惊呆了:世界上竟有如此恶劣的小人!"校长,我……"

张佩刚想分辩,就被校长打断了。校长皱着眉头说:"你现在正处在青春期,对异性发生兴趣是正常的,但你一定要学会抑制自己的冲动。"

张佩一听,这是哪儿跟哪儿呀,校长完全误解了自己。他知道再说什么也没用,就耷拉着脑袋走了出来。

当天,这事情不知怎么就在班里传开了,同学们都在他背后指指点点,气得张佩差点儿背过气去。

看样子,张佩是撞见鬼了。这不,这个星期说好团支部要开他的入团审批会,现在这事儿自然是搁了下来。

这还不止,过了一天,谁知又有一封匿名信寄到团委,说张佩在一家大饭店乱转,趁机往外国女人身上挤,被保安抓住,没收了学生证。人家还把学生证夹在信里寄了回来。张佩去团委领学生证时,又被训了一顿。

这回,张佩什么也没说,因为他说不清自己的学生证是怎么丢的,现在又怎么莫名其妙地飞了回来。放学了,同学们都走了,张佩抱着脑袋坐在教室里,苦苦思索着这几天发生的事,思来想去,也没理出个头绪来。

这时,班上一个叫秦鸥的同学悄悄地来到他的身边,安慰他说:"张佩,别想不开,事情总有一天会水落石出。"

"你……"张佩抬起头,两眼闪着泪花,说,"唉,我不知道得罪谁了?"

秦鸥推了他一下:"别想那么多了,今天下午有场足球赛,走,到我家去看吧!"说罢,拉起张佩就走。

张佩没有被批准入团,班上许多同学都和他疏远了,只有秦鸥对他还是那么好,一再说相信他没干过那种事,还说真正的男子汉要经得起挫折。

张佩点点头,感慨地说:"当个男子汉真不容易呀!"从此他埋头学习,把一切委屈和苦闷全抛到了脑后,到期末时,他的成绩由原先的十几名一下子升到了班里第二名。秦鸥向他表示祝贺,他发自内心地说:"要不是你,我当初死的念头都有了。"

团委根据张佩的表现,准备重新讨论他的入团问题。哪知这时，又一封匿名信寄到了张佩的班主任手里。信上说，张佩星期天在街上骑车，撞倒了一位老大娘，他不顾老人受伤，飞车逃走……事情讲得有鼻子有眼，班里一下子哗然了，同学们纷纷指责张佩太不讲道德，甚至还有同学建议学校对张佩作必要的处分。

张佩流着眼泪说："星期天，我没骑车出门，也没撞什么老大娘……"可是谁也不相信他的话，入团的事自然是彻底泡汤了。

一转眼快毕业了，同学们开始填报志愿。这一天，学校召集毕业生开会，会上，校长讲完有关报志愿的事后，拿出一封信，说："同学们，我昨天收到一封信，没有署名，信里提到了张佩同学——"说到这儿他顿了顿，看了一下张佩。

张佩的心里"咯噔"一下，心说：完了，说不定又有什么事呢，准得写进档案里，哪个学校还敢要我呀！想到这儿，不由得好一阵心酸。这时，不知怎么他一下子想到了在车上碰到的那个姑娘。呸，什么姑娘，女贼，女流氓，准是她为了报复，一次又一次地写匿名信。哼，她欺人太甚，我再这么忍气吞声下去，还算什么男子汉？想到这里，张佩"噌"地一下站了起来。

校长似乎显得心情很沉重，他走到张佩身边，声音有些发颤地说："你坐下，听我把信念一念。"同学们都感到事情有些蹊跷，怎么没完没了呢？可是待到校长把信念完，大家全愣住了，最吃惊的当然是张佩了，他的嘴张得大大的，好半天也没合拢。

原来写信人痛心疾首地在信中交待，说以前所谓揭发张佩丑事的三封匿名信，都是他受别人指使写的，对张佩全是诬蔑，那学生证也是他偷的，希望不要把这些事记入张佩的档案，别耽误了张佩一生的前程。他还说，他这样做是因为有个流氓集团要欺侮他的姐姐，作为保护姐姐的条件，他们一定要他设法把张佩搞臭，因为张佩那天在车上碰到的女贼，正是这个流氓集团的宠儿。没办法，写信人只有这么做了。他乞求能得到张佩的原谅。

误会解开了,同学们都为张佩高兴,听秦鸥说,张佩的入团问题也要重新讨论了。不过此时,张佩倒显得格外冷静,只是平静地说了一句:"弄明白就好。"他觉得只有这样,才像一个真正的男子汉。

张佩卸掉了包袱,全身心地投入高考。半个多月后,他接到了北京大学的录取通知,他高兴地去找秦鸥,想告诉他这个好消息,并看看他是否也接到了通知,哪知秦鸥上个星期就到南方的姥姥家去了。

秦鸥的母亲对张佩说:"秦鸥临走时说,你准会来找他,特地给你留了一封信。"

张佩从秦鸥母亲的手里接过信,打开一看,那信上没有称呼,也没有署名,只有三个暗红色的字,显然是用鲜血写成的。

张佩周身的热血一下沸腾了,眼睛瞪得生疼。原来那三个字是:"原谅我。"他鼻子一酸,哭出了声。

他觉得,是真正的男子汉,这时就该大哭一场。

(冰　轮)

抓　阄

　　文强和妹妹文敏,是在同一年进学校读书的。别看妹妹小他一岁,却聪明好学,在班级年年拿第一。

　　在妹妹的影响下,文强的成绩在班里也一直名列前茅。几年后,文强和妹妹一起以优异的成绩考上乡重点初中。邻里乡亲都直夸他们是大学生的料子,父母亲看在眼里,喜在心里。

　　然而,天有不测风云。

　　一天晚上,母亲正在料理家务,突然一阵天旋地转,跌倒在地,待抬到医院时,人已经咽了气,经医院检查,是脑溢血突发。文强和妹妹哭啊、喊啊,早成了泪人。

　　母亲是一个精明能干的女人,她这一走,千斤的担子就压在了父亲一个人的肩上。父亲好像一夜之间苍老了许多,微驼的背驼得更厉害了!

这以后,兄妹俩一下子懂得了许多,看看家里的情况,一天不如一天,就不约而同地想到了自己辍学,让对方继续读下去。

可他们谁也说服不了谁。这天,他俩又在争论,冷不防父亲插了进来,把他俩拉到面前,瓮声瓮气地说:"你们都别说了,两人都给我继续念!"他酸着鼻子说,"无论如何,等你们初中毕业再说。"说完,他看了一眼母亲的遗像,默默地拿起锄头下地去了。

从此,文强和妹妹学习更加刻苦了,一直保持着年级前两名的优势。初中毕业考,他们都考上了市重点高中。

文强从学校拿回录取通知书,一口气跑到母亲的坟上,叩了几个响头,默默地说:"妈妈,你放心吧,我和妹妹都考上重点高中了!"

然后,他站起来,登上村子后面的大山,在山顶,他对着苍天大喊:"为——什——么?"

然而,没有人回答,只有山谷中回荡着一个声嘶力竭的喊叫:"为——什——么?"这时,文强已打定主意不读高中了,他要让妹妹读下去。

妹妹也从学校取回通知书回家了。

晚上,天气闷热,父子三人坐在昏黄的灯光下,相对无语。过了一会儿,文强打破了沉静,故作轻松地对父亲说:"爸,我不想读高中了。"

父亲抬起头,想说什么,却什么也没说出口。

这时,妹妹在一旁急急地说:"不,哥,你念吧,我不想念了。"

"不,你一定要念,我在家可以给爸做个帮手。"

"不,我在家更好,既可以料理家务,农忙时也可以帮爸一把。"

这时,父亲站起来,看着文强和文敏,捶打着自己的脑袋,痛心地说:"孩子,爸爸无能,对不起你们,对不起你们死去的妈啊!"

文强和妹妹一人抱住父亲的一只胳膊,叫道:"爸——"

父亲轻轻拨开文强和文敏,转身朝卧室走去,那微驼的背在灯光下显得更苍老了。

文强和妹妹相拥而泣。

过了一会儿,妹妹说:"哥,咱俩别争了,我们抓阄吧。我写两张阄,一张上写'念',一张上写'不念',谁抓住写'不念'的阄,谁就停学在家帮爸。"

文强见再争论下去也没有结果,不如抓阄来得痛快,就点头同意了。

妹妹于是拿来纸和笔,开始写那两个决定命运的字了,看得出,这支笔显得很沉重。

猛地,文强脑子里出现了一则古代抓阄的故事。

那是说有一个国王,在处决死囚犯时,总是写两张阄,一张写"死",一张写"活",抓住"活"的可获释放,而抓住"死"的,立即处死。有一个奸臣诬告一青年,国王信了奸臣的话,于是青年被判处死刑,处决前,照例要抓阄。奸臣为了达到杀死青年的目的,便在两张阄上都写了"死"字。这件事被青年的朋友知道了,便告诉了那青年。青年想出一条妙计,抓阄的那天,他把抓到的阄吞进肚里。国王一看剩下的是张"死"阄,便释放了青年。

这时,妹妹两张阄都写好了,拿来让哥哥挑一个。

看着妹妹有点激动的小脸,文强心里一动,知道妹妹一定在阄上做了手脚,就猜她一定是在两张阄上都写了"念"字。哈哈,妹妹,你玩的这个把戏,骗得了别人,能骗得了哥哥?

想到此,文强郑重地对妹妹说:"小妹,你是个青年团员,要说话算数!"

妹妹听了,笑盈盈地答应了。

　　文强随便拿起其中一个,然后,迅速放到嘴里吞下去了,一股悲壮之情从他心底油然而生:再见了,我的书! 再见了,我的大学梦。

　　这时,小妹拿起另一张阄,说:"哥,这张阄是我的了,咱们就看运气吧。"

　　看着小妹激动的神情,文强突然意识到什么。

　　妹妹慢慢地打开纸条,说:"哥,我这张上写的是'不念',看来,你那张上写的是'念'了。哥,这是天意。"

　　"不,你——"文强才明白,聪明的妹妹也知道那则故事,她也知道哥哥和自己一样,想让对方继续读书,于是她在两张阄上都写了"不念"。

　　"别说了,哥,继续念吧。"妹妹仰起脸,早已是泪流满面……

　　后来,文强读了高中;再后来,他来到上海这座国际大都市,圆了梦寐以求的大学梦,而妹妹,却走向了另一种生活。

(闻继善)

还我清白

　　早春二月。这天,时近中午,坐落在 107 国道旁雁城市郊公安派出所的院子里,开进一辆超载的长途客车,车上的骚乱声惊动了警察。车门打开,只见三个男人扭着一个满脸通红的女孩冲下车来,后面还跟着一个中年妇女和一个老年男人。

　　警察把这些人带进审讯室一一查问,又向司机和票务员了解情况,方才知道,这女孩子在车上扒了中年妇女和老年男人的钱包。女警根据三个男人的揭发,从女孩子身上和随身带的挎包里搜到了赃物。人证物证俱在,女孩子纵然再喊"冤枉",也是白搭。

　　事后,公安派出所对此事又作了进一步调查。得知这女孩子名叫王小丽,是湘江重型机械总厂子弟中学高中部的学生,今年正好 16 岁,还是班里的团支部书记。这么优秀的女孩子,怎么会在社会上干行窃勾当呢? 真是令人难以相信。但是,铁面警察重的是证据,既然证据确凿,王小丽就得被收审。

消息传到学校,校方大吃一惊。尤其是王小丽的班主任吴老师,怎么也想不通,她带上学校的保释书赶到公安派出所,再三表示希望警方认真查实这个案子,万一有什么偏差,那不是把一个好孩子给毁掉了吗? 于是警察重新对案情作了调查,扭送王小丽到派出所的几个人众口一词,不仅写了证明材料,还按了手印;而王小丽除了流眼泪,什么话都不说。事情是明摆着的!

但是,在学校的再三讲情及请求由学校自己对王小丽进行处分的情况下,公安派出所最后还是放了王小丽。王小丽回到学校后,校长便在全校教职员工和学生大会上,宣布给予王小丽"开除团籍、留校察看以观后效"的处分。

校长心情沉重地对王小丽说:"马有失蹄,人有失足,人非圣贤,焉能无过? 本来,公安局要严肃处理,是学校把你保出来的,但不处分又怎么行呢? 好好读书,将来还是前程远大,不要悲伤。"

王小丽抹一把泪,呜呜咽咽地说:"校长,我冤啊……我真冤啊! 我是抓扒手的,他们反诬咬我……"看着眼前王小丽这般委屈,校长心里真有说不出的滋味。究竟王小丽是真受了冤枉还是偶有失足? 为什么车上几个人都一口咬住她? 看来事情并不那么简单。校长陷入了深深的思索之中,他让班主任吴老师先送王小丽回家。

一路上,吴老师抚着王小丽的肩,心里实在难以平静:这么好的一颗苗子,她今后的路该怎么走? 她几次抬眼看这个往日自己最得意的学生,欲言又止。

王小丽似乎完全知道吴老师的心思,她抬起泪花花的眼睛,颤抖着问:"吴老师,你还相信我吗? 我真的是被他们冤枉的。"

吴老师长叹一声，诚恳地说："小丽，现在社会上的事情很复杂，你一定要实事求是地把真实情况告诉我。"

王小丽点点头，擦去泪水，向吴老师讲述了那天的遭遇……

原来，那天王小丽是从乡下看望爷爷奶奶回来，好不容易挤上这趟班车的，只见车上乘客特别多，人贴人，背挨背，就是不拉扶手，刹车时人也不会跌倒。王小丽被挤在前门侧边，车厢里的空气又闷热又浑浊，上车不一会，她就觉得浑身燥热，额上竟渗出了一层汗珠。她不经意地拉开穿在身上的皮夹克的拉链，露出里面鹅黄色的紧身羊毛衫来。

这时候，有一双色迷迷的眼睛直勾勾地盯住了王小丽那起伏的胸部，这个色狼就站在王小丽旁边，只因王小丽有 1 米 68 的个头，他要比王小丽矮半只头，所以王小丽没在意他。车子一晃动，他就借机故意往王小丽胸上抓，王小丽这才发觉，恶心得就像吞了一只死苍蝇一样。她侧过身去，用臂膀挡住他的骚扰，可没想到，迎着她的一个瘦猴般的高个子青年，又立刻朝她挤眉弄眼，还像毒蛇吐信一般，伸着舌头对她做下流动作。她不禁毛骨悚然，拼尽全身吃奶的力气，也不顾周围人喝斥谩骂，拼命挤到司机后面的那个角落，因为那里站着三四个女人。

这样总算太平下来了。谁知没过多久，王小丽突然发现，有一只手，在一件搭在手腕上的黄色风衣掩盖下，伸向她旁边那女人身上背着的挎包里，那包里的钱包在眼前一闪就不见了影子。王小丽不禁顺着那只手往上看，看到一个高个子男人正用阴森森的眼睛迎着她的目光，右耳下脸颊上有条寸把长的刀疤，正闪着青光。

一股凛然正气猛然从王小丽心底燃起，她曾多次耳闻目睹那些被窃者痛不欲生的惨状，便伸手重重拉了拉那中年女人的衣袖，拉得那挎包差点从那女人身上滑下来。女人朝王小丽大喝一声："干什么！"眼睛里充满了敌意。

王小丽见她这么恶声恶腔的样子，心里感到十分委屈，但又不忍心看她受害而不管，便伸手指指她的挎包，女人这才如梦初醒，提起包来一看，惊叫起来："有扒手呀——有扒手呀——我的钱包呀！"叫声很惨，引得车上一阵骚动。这时，不远处一个老年男人也惊叫起来："我的钱包也没啦！车上有扒手呀！"

女人急得又哭又骂，老人急得又叫又喊。

那女人紧紧抓住王小丽的双手，一定要她说出谁是扒手。

王小丽正欲指认，却感到腰部被什么硬东西戳了一下，她转脸一看，那高个子疤脸扒手竟站在她的身后乜斜着她，手往上一扬，露出手里握着的弹簧刀把，然后又把这硬把抵在她的腰部。她知道，只要把弹簧开关一按，尖刀立刻会毫不留情地弹出来。王小丽愣住了，正想着该怎么办，谁知刚才站在前门侧边对她欲加无礼的那一高一矮两个男人挤了过来，一个点着王小丽的鼻子说："她是个扒手，刚才站在我旁边时就把手伸进我的裤兜里，幸亏我发觉得早，看她可怜巴巴的样子，放了她一码，想不到她贼心不改，又对这位大嫂下了手。"

另一个也跟着瞎起哄，假装厉声喝道："你上车就开始作案，也把手伸到我裤袋里来过，只不过我看你是个小妹子，打掉你的手就算了。"

王小丽哪经得起如此诬陷，她大喊"冤枉"，可是越急越分辩不清。这时候，车子里的人因为不明真相被激怒了，一起吼了起来，还有人要打王小丽。趁着这个混乱当儿，色狼和扒手串通一气，甚至对王小丽动起了手脚。幸好路边就是公安派出所，要不，这几个流氓、扒手真不知要干出什么恶事来……可遗憾的是，事情的真相只有王小丽自己心里最清楚，他们恶人先告状，王小丽拿得出什么证据？

王小丽含着凄苦悲愤的泪水，讲述了自己受害的经过。吴老师听了，连忙追问："那你当时为什么不向警察说明白？就是一时拿不出证据,你也应该说呀!"

"可是,吴老师,我怎么说得清楚? 他们眼看钱包拿不走了,就栽赃陷害我,警察明明是在我的包里和身上搜到钱包的,我再怎么说,他们也不会相信。为什么好人竟斗不过坏人,为什么呢?"王小丽咬牙切齿地发誓,"我一定要找到那几个坏蛋! 我绝不放过他们!"

吴老师的拳头捏得格巴响,她强忍怒火,说:"小丽,吴老师相信你的话,你先忍着,吴老师一定会帮助你向派出所反映,澄清事实真相,最后还你一个清白。"王小丽禁不住扑进吴老师怀里号啕大哭:"吴老师,冤案压着头,我眼下可怎么抬头做人啊?"

这一夜,王小丽躺在床上翻来覆去,一直没有入睡,父母陪伴了她一夜,也开导了她一夜。第二天,王小丽振作精神来到了学校。一踏进校门,她就敏感地发现同学们都用一种异样的眼光打量她,有的甚至远远地避开她,还有几个人凑在一起,嘀嘀咕咕悄悄地议论。教室里,几十双眼睛里再也找不到往日的热情和友好。

王小丽真想痛哭一场,但她咬牙忍住了。好不容易熬到放学,天已经擦黑,当她走出校门时,一个牛高马大的男生走近她身边,嬉皮笑脸地说:"王小丽,那些狗日的不理睬你,我牛大富理睬你,咱们交个朋友,怎么样?"

王小丽瞪了他一眼,急步走开了。她认识牛大富,这个人是学校里出了名的留级生,而且还因为打群架受过治安拘留。牛大富见王小丽不愿搭理他,一步超到王小丽前头,双手叉腰拦住去路,开口就骂:"你狗日的王八婊子假充正经,你以为你高贵? 你是在公安局里挂了号的,还不是和我们一路货? 哼!"他伸出手臂,一把把王小丽推倒在地。

王小丽正在气头上,哪里会被牛大富吓住? 她屏住气,牙一咬,脚一缩,趁牛大富得意洋洋的时候,朝他的双腿蹬去,蹬得他往后一倒,脑袋"砰"一声撞在地上,顿时头破血流。

王小丽惊呆了。

难道自己又要跳进黄河洗不清吗? 王小丽只觉得自己浑身发抖,想喊,发不出声;想哭,流不出泪。这时候,马路上行人陆续围了上来,王小丽什么也来不及细想,别转身钻出人群,撒腿就跑。

王小丽不敢回家,借着蒙眬的月色一直跑出城外。107国道又出现在她眼前,王小丽正不知何去何从,这时,她看到国道旁一家百货店门口,有三个鬼鬼祟祟的身影,就是那天在车上栽赃诬害她的三个男人。仇人相见,分外眼红! 王小丽眼睛里简直要喷出火来,她低头一看,正好脚旁边有半块砖头,拾起来便要冲过去。

这时,一阵警笛声由远而近,一辆闪着警灯的三轮摩托呼啸着从她面前开过。王小丽脑子突然冷静下来:自己一个手无寸铁的女孩子,莽莽撞撞冲向三个年轻力壮的男人,这不是鸡蛋碰石头吗? 王小丽硬是克制住了自己。

不过,王小丽的两只眼睛还是紧紧地盯住那三个男人。只见他们走进百货店,与店里两个营业员交谈起来,还掏出烟来抽。可是不知怎么,抽着抽着,那两个营业员就软绵绵地瘫倒在地。刀疤脸他们迅速行动起来,立即把店堂后面仓库里的纸箱搬出店外,装上了早已停在店外国道旁绿色篷布罩着的大货车上。装完纸箱,最后又把柜台里、货架上的收录机、电饭煲等商品统统一扫而光,然后把卷帘门一拉到地,把那两个营业员锁在了店堂里,他们自己跳上了驾驶室。

王小丽看在眼里,心里不由一动:最近报纸上揭露了好几起歹徒利用抽烟喷麻醉药作案的报道,这三个家伙肯定就在干这种坏事。原来,他们不仅是偷扒小贼,还是打家劫店的大盗。现在让我撞见了,看你们往哪里逃!

当货车发动马达时,王小丽心里憋足了一股劲,飞步跑上去,双手抓住车后板,双腿一蹬,就势从后板上翻进了车里。她摸索着在纸箱空隙间找了一个藏身之处,蹲了下来。

货车像发疯的野兽一般在国道上狂跑飞奔,一下子便像箭一样开进了山野蒙眬的郊外。

眼看天已经乌漆墨黑,王小丽缩在车篷里,正紧张地思索着下一步对策,突然发现后面有两道雪亮的汽车灯光射过来,眼看就要追近车尾了,王小丽看清这是一辆闪着警灯的小轿车,它鸣着喇叭要超车。王小丽心里一个闪念:我为什么不就在这里报警呢?正好人赃俱获,这三个家伙还有什么话说?想到这里,她立即从纸箱缝隙间摸出来,摸到后车档板旁,伸出头去。正要呼叫,突然,大货车一个刹车,小轿车猝不及防,"砰"一声撞了上来。

王小丽从后车档板的缝隙中看到,被撞的这辆轿车里,除了司机,前座上还坐着一个女人,两个人满脸鲜血,已经昏迷过去。货车上的三个男人急忙跳下驾驶室,奔到小轿车旁,打开车门一看,车子后座上放着一个密码箱,还有两只大哥大,他们拎起就跑,飞步上车,开了就走。目睹了这一切,王小丽吓得心惊肉跳,急忙捂紧嘴巴,生怕自己无意中发出惊叫声会引来杀身灭口之祸。她庆幸自己刚才没有喊出声。现在该怎么办?她拚命让自己稳住神,然后从纸箱杂物的空隙中悄悄地朝车头摸过去。透过驾驶室后壁的小玻璃窗,她看到刀疤脸正用匕首撬开了密码箱,箱子里尽是一扎扎百元大钞。三个歹徒"哇哇"叫了起来,看着他们那得意的神情,王小丽恨得心里滴血,眼里喷火,若不是亲眼所见,真难相信这些恶鬼的残忍。我一定要去举报,不仅是为我自己平反,还要让公安局了解这件血案及国道旁那家百货店遭窃的真相。

大货车又疯狂颠簸了个把小时,在路边一家三层楼的旅社门前停了下来。只听刀疤脸按了三短一长四声喇叭,喇叭声刚落,店门就开了。王小丽心里一惊:莫非这店主与车上三个坏蛋是一伙的? 她屏声息气,一动不动地藏在纸箱后面,两只眼睛瞪得溜圆,警惕地注视着车下的动静。

三个歹徒提着密码箱,神气活现地上楼去了。好一阵也不见动静,于是王小丽机警地跳下车,猫着腰钻进了旅社对面路旁一片黑森森的松树林里。四周一片静悄悄,月亮也在暗淡的云层里躲躲闪闪,王小丽透过树林细细打量,发现这个三层楼的旅社,楼门上有个灯箱招牌,"夜来香旅社饭店"七个红漆大字一目了然,楼房一侧还有一个小花园。

王小丽决定立即冲出去报案,这儿地处国道,沿路一定能找到公安派出所的警察,事不宜迟,越快越好。想到这里,她一头钻出了松树林,沿着国道撒腿就跑。凉风飕飕地吹在身上,王小丽不禁打了个激灵,猛地想起:这儿人生地不熟的,万一自己以后认不准路怎么办? 有了! 她收住脚步,赶紧从口袋里摸出手帕,往路旁树上一系,又撒腿朝前跑了起来。

也不知跑了多久,王小丽浑身衣衫都湿透了,猛抬头,突然发现自己已经跑到了湘江边,前面一个大拐弯,湘江大桥上车灯闪烁,她不由惊喜万分,一边跑一边欢呼,一头冲进了桥头公安派出所……

故事的结局不说你也一定能猜到,王小丽终于平反了,还因帮助公安机关破获了杀人抢劫团伙案而立了大功,受到嘉奖。庆功会上,当新闻记者的闪光灯对着她时,她那如花的笑脸上"扑簌簌"地流下了两行热泪。

（曹中庆）

情 义 无 价

无言的纯朴所表示的感情，才是最丰富的。

死不瞑目

　　西山有所民办小学校,坐落在半山腰的破庙里。说它小,真叫小,全校只有一个老师,带着九名学生。这九名学生,正好分散在从小学到初中九个年级,说句戏话,学校成了名副其实的九年一贯制。

　　唯一的老师叫任守道,今年54岁了,一辈子在这个山头上教书,在山寨里威信比村长还高。

　　任守道有个独生儿子,叫任义,在省里上大学,平时不回家,只有妻子杏花和他作伴。杏花也不闲着,九个学生的午饭全由她管。山寨里穷,学生们又都是长个儿的时候,杏花就自己开坡地种菜养鸡,尽量让学生们吃得好些。

　　天长日久,学生们对老师的感情可深了,老师教得认真,学生学得努力,学校的教学质量还真不赖,年年会考、统考、联考、中考,学生们的成绩即使不居全县榜首,至少在镇上稳列第一。这不,今天上午刚刚得到消息,初三毕业生梁满囤,以 670 分的优异成绩,考取全县唯一的一所重点中学县一中。这个成绩有可能在全县也是名列前茅。

好消息乐坏了任守道和杏花两口子,村里老老小小也都前来道喜,像过节一般热闹。

可谁知乐极生悲,不到中午,就听说任守道因为太高兴,一激动,结果竟倒在地上再也没有醒过来。

消息震动了县里,县领导连夜从三十里外的卫生院派来医生。可是已经迟了,任守道的身子已经冰凉了。

不到一个钟点,破庙里聚集了上百号人,乡亲们不约而同都来为任守道守灵。

按说,任守道活着时教有所长,走了后众口皆碑,也可以闭眼了。可奇怪的是,他那双眼睛死活不肯闭拢来,任凭杏花怎么抚合,就是没用。

有人就说了:"任老师今年 54 岁,属于'暗 9',因此死得乍然,要请个阴阳先生来看一看。"

于是阴阳先生被请到破庙里来,磕头放炮,念咒烧符,宰公鸡、捅窗纸、跑五方、走八卦,折腾了个遍,可是都无济于事。

那些老太太们又给任守道用热毛巾敷,用熏黄酒擦,可是也毫无用处。

杏花忽然想起:丈夫定是惦记着在山外上大学的儿子,就赶快央人打加急电报,把任义叫了回来。

任义一进家门,就扑在父亲身上号啕大哭,可任守道那双眼睛依然瞪得像电灯泡。

这可难坏了众乡亲!

县领导马上意识到:准是任老师惦记着梁满囤的成绩在县

里的名次。于是就派人昼夜加班,提前统计出了全县中考成绩名次,梁满囤名列全县第二。

有人把成绩名次表在任守道眼前晃来晃去,不见动静;干脆,又跪在他身旁,把这张表烧掉,以示祭奠,也不见效。

这可邪了门!

任守道的遗体已经在破庙里停了三天,多亏山里空气阴冷,可也不能久留呀,杏花和众乡亲们都急坏了。

这天,满囤爹一拍脑袋,忽有所悟地说:"哎,对了!任老师平时最惦着满囤考'重点'的事,会不会是没见到他的录取通知书,他放心不下呀?"

于是特殊情况又一次特殊处理,县领导特批,县一中提前为梁满囤专门送来了录取通知书。

梁满囤泪流满面,拿着通知书哽咽着说:"任老师,我们的好老师,你看,我的录取通知书来啦,我们一定不忘你的教导,请你安息吧!"

然而任守道那双眼睛,还是睁得大大的。这下,可算是牛车过河——没辙了。

正当人们七嘴八舌、抓耳挠腮没主意的当儿,突然,杏花双手一拍腿,豁然醒悟道:"啊呀,对啦……"

人们都屏声静气等着听她的下文,谁知她却一扭身奔出屋外。

不一会,只见杏花风风火火地返了回来,两只手托着一个大大的鸡蛋,小心翼翼地捧到任守道眼前,没开口,两行泪水先"哗哗"淌了下来:"他爹,你放心地去吧,这不,后半晌那芦花鸡下蛋了,是下到你给它垫的草窝窝里。这回,可足够50斤了。你该歇心了吧?"

岂料,待杏花说完这番莫名其妙的话,奇迹出现了:任守道那一双睁了三天三夜的大眼睛,忽闪一下,闭上了。

人们悬着的一颗颗心终于落下了。

可是,疑问跟着又来了:这到底是咋回事?

原来,任守道生前,最惦记的就是他的应届毕业生梁满囤。

这孩子天分高,又勤奋好学,可就是家境贫寒,别说是上高中、上大学,就是念村里这个"九年一贯制"学校,也是划船不用桨——硬撑。任守道不愿可惜了这块读书的好料,就长年累月用卖鸡蛋攒下的钱,为他买书本添笔墨。

这次中考,他认为满囤十拿十稳,问题倒是考上以后,那昂贵的学费怎么对付。所以他吩咐杏花,家里那半年的鸡蛋在窖子里替满囤攒着,因为卖了,钱就容易花掉,家里缺钱的地方太多了。

就在咽气的那天早晨,任守道还惦着那只已经两天没下蛋的大芦花鸡,他摸了摸硬鼓鼓的鸡屁股,知道夹着一个大蛋哩,他生怕大芦花鸡把蛋下到野地里去,一会抱起来摸摸看看,还给大芦花鸡换上了新莳草垫。可是,直到他闭眼,也没听到大芦花鸡下蛋那诱人的"咯嗒"声。

他心里一直叨念着哩!

破庙里一片肃穆,空气仿佛凝结了似的。

在山村教育这块园地里耕耘了一辈子的老师,把他毕生的挚爱给了他钟爱的学生,世界上还有什么,比这更崇高呢?

（韩德贵）

王老师打工

　　滨海中学语文教师王洋海，是一位年过半百、颇有教育经验的老教师，在"下海潮"的影响下，他也赶热闹，停薪留职，下海打工。但因为手无缚鸡之力，身无经商之技，所以几次下海，都被"海水"冲了上来，弄得只能望"海"兴叹。他妻子劝他还是继续回去吃"粉笔灰"，但他心不死，天天出门找机会。

　　有一天，王老师骑车经过大街，见一家个体经营的"绿杨酒家"门前围着一群人，他走过去一问，人家是在看一张招聘启事。他来了劲。因为他是个深度近视眼，看不清启事上写的啥，所以，不顾三七二十一低着头往里挤。挤到前排一看，是招聘一名女服务员，顿时人就像漏了气的皮球，瘪塔塔退出了人堆。

　　正在这时，突然，"王老师！"有人在背后喊他。他转身一看，喊他的是一位风度翩翩的中年男子,便问:"您是……"

这位男子见王老师不认识他,便自我介绍:"我叫杨富根,绿扬酒家的经理。"

王老师一听,忙道:"久仰久仰。"

"王老师,你怎么有兴来看鄙店的招聘启事,莫非——"

王老师见对方知道自己的身份,觉得直言相告有失面子,所以说:"人老珠黄不值钱!"

杨经理一听,笑笑说:"王老师,此话错矣,应该是'甘蔗老头甜,生姜老的辣'哩!"

王老师叹了口气,不由又瞄了一眼招聘启事。

杨经理是个聪明人,见状便问:"如果你不嫌弃端盘子的话,我就破格招你。怎么样?"

王老师一听此话,大喜过望,不停地点着头。

杨经理于是便将招聘启事撕了下来,领王老师到经理室。在场的人,无一不感到奇怪:不是招女青年吗,怎么招了一个老头?

他们感到奇怪,王老师也奇怪,但更奇怪的事还在后头呢!

王老师跟着杨经理来到经理室,杨经理沏茶、敬烟,与王老师肩并肩坐在沙发上问寒问暖。临走,杨经理从衣袋里摸出四百元钱,笑着说:"你明天就来上班,这四百元是你上半月的工资,还有四百元到月底给你。"说着,将钱塞到不知所措的王老师手里,"我这里实行的是一种'模糊工资',所以你拿多少不要外传,也不要去打听别人拿多少。"

王老师虽然搞不懂什么模糊工资,但当时八百元的月工资是不得了的事哪,他激动得心"怦怦"直跳,手"突突"颤抖:执教三十年,还未拿过这样多的钱哇!

就在王老师发愣的时候,门外闯进来一个小伙子。他一看,是两年前毕业的学生陆文彬,不免有些尴尬,不自然地低下了头。

杨经理说:"小陆,来得好。来,我给你介绍一下,这位王老师明天在你大众餐厅工作。他年纪大了,你要尽量照顾照顾他。"

不料,陆文彬就是为此事而来的。刚才他在楼下,听说杨经理招聘招来一个老头,他来是想请求杨经理去招一名女青年。现在上楼一看,这老头竟是当年自己读书的班主任王老师。

他两眼不眨地望着王老师,半晌才说:"王老师,你怎么也下海啦?你舍得离开你那精心耕耘的讲台?"

陆文彬这一问,问得王老师的头耷落到胸口。

杨经理一看这副僵局,便责备陆文彬:"你怎么可以这样对待你的老师?再说,当今下海也是时兴的。"

小陆知道,现在工农兵学商都在讲下海,但老师下海,特别像王老师这样颇有教育经验的老师下海,怎么说都是一种损失。他坚持道:"我需要的是女服务员……"

杨经理将手一挥,打断了小陆的话:"这是我决定的。"

小陆一听,知道事情已成定局,便一转身"蹬蹬蹬"下楼去了。

小陆一走,室内的气氛也热不起来,所以杨经理与王老师扯了一些店章、店规之类的事后,就握手告别。

王老师回到家里,将应聘的事一五一十告诉了老伴。

他老伴也感到奇怪:"隔壁沈姑娘做了两年,月工资才拿三百多元,听她讲,店里的大厨师也只有七百元。你怎么会比他还多呢?我看,不是你听错,就是杨经理说错了,你明天去问个明白。"

王老师本来就觉得奇怪,难道真的是"甘蔗老头甜,生姜老的辣啦"?他要问,但又不能去问,因为这是模糊工资,所以对老伴说:"不管是我听错还是杨经理讲错,你绝对不能对外乱说。"

就这样,老夫妻俩带着这样一个问号过了一夜。

第二天一大早,王老师来到绿杨酒家上班。陆文彬交给他一套工作服,叫他穿上。

王老师一看,难了:这是一套翠绿色的工作服,叫我这老头子怎么穿得出去呢?但他一想到八百元的高薪,就只好横下一条心。脱下西装,穿上这套鲜艳的服装,戴上工作帽,对着镜子一照,王老师羞得迈不开步:自己哪里还像人类灵魂工程师,简直成了杂技团的小丑。但他为票子只能不顾面子,硬着头皮走出更衣室,到餐厅接待顾客。

大众餐厅全是一些大众化的点心,档子不高,价格适中,所以顾客也特别多。一个早市忙下来,王老师是头痛、腿酸、脚底麻。早市刚结束,他坐下来准备吸支烟,不料陆文彬来叫他去洗碗筷。碗筷洗好,小陆又叫他扫地擦桌子。等清洁工作做好,中市又上市了。就这样,王老师像机器人似的从早上一直干到半夜十点,才回家休息。

王老师回到家里,人像散了架子似的瘫在床上不能动弹,不到一支烟工夫,就"呼噜呼噜"睡着了。等醒来已是第二天凌晨五点了,王老师赶紧起床,骑车到酒家上班。就这样,日复一日,月复一月,转眼到了冬季。

冬天一到,王老师碰着一个难题:这副八百度的近视眼镜,一碰着热气就像涂上了一层雾,东西一点看不清。一天,一位顾客要了一碗麻油香菇面,等面下好,王老师在作料台上拿起麻油瓶,往面上浇了足有一调羹麻油。不料这位顾客喝了一口汤后,"呼——"将面汤全喷在王老师身上。

王老师火啊,但一想顾客是皇帝,要笑脸相迎,笑脸相送,便强装笑脸问:"怎么啦?"

"怎么啦?你自己尝尝。你当我是镇江醋客啊?"

王老师一听,才知道一定是刚才看不清,误将米醋当成麻油，所以连忙道歉："对不起，对不起，我去换。"说完就去端这碗面。

就在王老师端面的时候，横里被陆文彬一把拽住，陆文彬脸色铁青："换？没那么简单。按店章规定，你该罚款……"

就在陆文彬大声训斥王老师的时候，一碗香喷喷的面端到了这位顾客面前："师傅！对不起。"

王老师从白乎乎的镜片后面总算认出来者是杨经理，正要开口检讨，杨经理却用手势制止了他，和蔼地说："王老师，这事不怪你，你快去换一下衣服吧。"

说完，他转过身，拍拍陆文彬的肩膀说："看问题应作全面分析，今天的事，全是眼镜造成的，不能怪王老师。"说完，便离开了大堂。

王老师望着杨经理的背影，心情久久地平静不下来……

可是这件事平息了没多久，又一桩倒霉的事情发生了。

那天下雪。王老师一早起来，见路上结冰了，他怕骑车路滑摔跤，所以迎着刺骨寒风和纷飞的雪花步行来到酒家。陆文彬已在门口等着他了，一见他来了，没等他拍净身上的雪花，就叫他马上踏黄鱼车到离店六里多远的六里塘，去装运两百斤鲜鱼。

大家知道。一个年过半百的人，踏两百斤鱼往返十二里路，就是在风和日丽的春天也够辛苦了，何况今天天上下着雪，路面结着冰，横里刮着风，叫他怎能受得了？王老师望着陆文彬，动了下嘴唇，想说，但最终没说出口。他知道，说了也白说，所以咬了咬牙，蹬着黄鱼车直往六里塘而去。一路上他思绪万千：陆文彬是我一手培养的学生。刚进初一，见他有个性、有见解，就提拔为班长，后又推荐被学校团支部吸收为共青团员，连续三年评为三好学生。但在初中毕业升高中、考中专期间，他得了阑尾炎，未能参加考试。这样的学生，我从未亏待过他，他为啥要恩将仇报，这样对待我呢！想着想着，不由掉下了辛酸的眼泪……

王老师花了九牛二虎之力,总算将两百斤鲜鱼运到店里。此刻,他已成了一个雪人,脸色苍白、四肢僵硬,店里的职工看到他这副可怜相,赶紧同情地端来热水,让他洗脸、洗手、烫脚。但陆文彬却递来一把菜刀,要王老师杀鱼。在场的人看到陆文彬这样对待王老师,都觉得他太过份了。

因为王老师两手僵硬,不听使唤,所以一条鱼也没杀好,反倒"嚓"地将食指削去了一片。他赶紧到医院去包扎。医生关照要他休息一个星期,他便带着医生开的病假单到经理室向杨经理请假。

王老师来到经理室门口,正要推门,屋里传来杨经理发怒的声音:"你还有没有人性? 这么冷的天,竟派王老师到这么远的地方去运鱼。这还不算,他好不容易回来,你又不让他休息,在冰冷彻骨的水里杀鱼,伤了他一节手指……"

王老师一听,是为自己的事,所以就将推门的手缩了回来,在门外听。

杨经理越说越激动,但陆文彬也不服输,针尖对麦芒:"这首先要怪你,我需要的是女青年,你为何要招老年人?"

杨经理道:"我为什么要招他? 我可以毫不隐瞒地告诉你。他是我二十年前的老师。那年我大腿上生了穿骨瘤珠,不能走路,就是这位王老师,不管刮风下雨,天天背我上学,背我回家,直到我停学为止。他如此待我,我就应该以恩相报。现在我有钱,在老师碰到困难的时候,理应尽尽我这份责任。"

门外的王老师这才恍然大悟,他感激之余,一种"教师的优越感"在心中油然而生。可同样是学生,陆文彬却又为什么这样无情无义呢?

这时,屋里的陆文彬似乎并没有因此受到感动,相反语气更重了:"你以为你做了一件有良心的事? 其实恰恰相反,你在干一件坏良心的蠢事。"

门外的王老师一愣,忙屏住呼吸细听。

半晌,屋里才传出杨经理的声音:"难道你这样做倒是有良心吗?"

杨经理话音刚落,"砰"的一声敲台子的声音:"有良心,没良心,你自己看!"

屋里顿时一片寂静。

王老师赶紧从锁眼里往里张望,只见经理桌子上放着一大把信,杨经理正在细看。

"你看,这是他班上学生写的,这是学生家长写的,都要我劝王老师回校,莫重演文革荒废人才的悲剧。我知道,我这样做是愚蠢的,但因为有你这把伞护着他,我只能用这种苦肉计。种田不着苦一年,人才荒废苦一代。如果大量的老师都像王老师那样下海经商,后果会怎样?"

陆文彬的一席话,说得杨经理成了哑巴。

陆文彬继续说:"你既有心报答老师,就应该利用你是个协会长的影响,发动个体户投资成立个教育基金会什么的,鼓励教师爱教、重教……"

陆文彬这番话,不仅打动了杨经理的心,也深深打动了王老师的心。他再也忍不住了,激动地推门进去,一手拉住陆文彬,一手拉住杨经理,激动地说:"你们说的话我都听到了。我明天就回学校去。"

陆文彬望着王老师,满怀歉疚地说:"王老师,你不会怪罪我吧?"

"不会。绝对不会。你使我找到了我真正的位置。"

六只大手紧紧地握在了一起。

(张兆华)

民办教师

固坪村是个交通闭塞、经济文化落后的穷村,全村 49 户人家,三百多口人,虽说也有一所小学,但只有一位民办教师,他叫郭明义。

固坪小学设在村外的一口破窑洞里,这窑洞不知开挖于什么年代,它有一丈多深,窑洞口仅有一扇小窗可以透光,窑洞内阴暗潮湿,上课时还得点上油灯。

郭明义从 19 岁起就在这里任教,从一年级到六年级的课他都上,而且一呆就是 16 年。

这些日子,郭明义十分担心,因为暴雨已经连下了三天三夜,他担心这破窑洞承受不住,到时万一倒塌,那可要出人命事故呀!所以这些天,郭明义一边上课,一边注意四周的变化。

今天上午,正上着课,忽然"叭嗒"一声,一团湿乎乎的东西掉在郭明义的头上。他伸手一摸,不禁大吃一惊,忙仰头去看洞顶,就见窑洞上方已裂开一条缝。此时,十几个孩子正在埋头做作业,他们全然不知危险已越来越近了。郭明义来不及多想,高声喊道:"快,快朝外跑!"

孩子们没有反应过来,一个个扬起稚气的小脸,十几双眼睛迷惑地看着老师。

"快跑,窑洞要坍了。"郭明义急得直跺脚。然而,一切都晚了,只听"轰隆"一声,窑洞口堵死了。洞内立刻显得更加昏暗,顶部的泥土还在"哗哗"地掉下来,把十几条生命推向了死亡的边缘。

怎么办?郭明义脸色苍白,他紧紧地把十几个孩子拢在自己周围,想着解围的方法。

"哗啦……"又是一阵倒塌声,仅有的一盏油灯也熄灭了。但此刻,郭明义发现了头顶的一丝光亮,那里有一个小洞。

郭明义一阵狂喜,一把拉住身边一个叫"大黑"的孩子,急切地吩咐道:"你先出去,在外面接应!"

他话音刚落,有人喊道:"爸爸,我怕。"

郭明义见是儿子小宝,正眼睁睁地望着自己,忙安慰道:"别怕,你和爸爸一起先把同学们送出去!"说着,他抱起大黑,用力把他举出洞口。

一个、两个、三个……终于,窑洞里只剩下自己和小宝了,郭明义深吸一口气,抱起了小宝,想把他举出洞口,但他实在太累了,举了几次都没有成功,大黑在外面刚刚拉住小宝的手,只听"轰隆"一声,窑洞又一次倒塌了。

"郭老师——"

"小宝——"

孩子们惊叫起来,和闻讯赶来的村民们用力地刨挖着,鲜血从他们的指尖渗出,但立刻又被雨水冲刷得干干净净。

中午时分,郭明义被村民们救了出来,但他唯一的儿子小宝,却因窒息时间太长而停止了呼吸。

雨还在不停地下着,郭明义经雨水一淋,慢慢苏醒过来。他环顾四周,见十几个孩子齐刷刷跪在自己身边,雨水浇在他们头上,褐黄的泥水沿着一张张淳朴的小脸滚下来。突然,他看到老支书双手托着小宝,一股不祥之兆从心底涌过,禁不住喊声:"小宝……"

孩子们"哇"地一声哭了起来,郭明义什么都明白了,泪水忍不住从他眼眶里涌出来。

老支书托着小宝的尸体,一脸的愧疚:"郭老师,我们对不起你啊,至今还没钱盖学校。"

人群开始骚动。

好久,老支书才忍住悲哀,下了决心似的喊道:"乡亲们,咱们再穷,也不能苦了老师和孩子们,一定要把学校盖起来!"

"盖吧,挖了肉也要盖学校!"大黑爹高声高语地叫起来。

"盖吧,有钱出钱,没钱咱们出力气……"村民们的情绪一下子高涨起来。

俗话说:众人拾柴火焰高。集资建校舍很快就有了眉目。

这天晚上,郭明义的妻子秀云刚刚收拾完锅碗,老支书就推门进来。

这些天,郭明义身体状态很不好,肚子老是隐隐作痛,但见老支书上门,他还是强挣扎着下了床。

老支书来不及坐下,就从口袋里摸出一个塑料小袋摊在桌上,说:"这是村里人给集的建学校钱,大叔我不识字,你给合计合计。"

郭明义拿过算盘,打开袋子,却不由惊呆了,原来袋子里的钱都是乡里出具的"白条",在市面上是根本不能流通的。郭明义没有挑明,还是认真地一笔一笔合计着,嗬,竟也有三千多元!

老支书见郭明义算完了,咧了咧嘴说:"还有呢,都在我心里记着。我说,你记。二狗,4 根檩;大毛,20 根椽;小旦,1 千块瓦;我自己,一口棺材。"

郭明义听了,心里不禁一惊,停了笔望着老支书说:"大叔,这棺材可使不得。"

"有什么使不得。"老支书不高兴了,"大叔穷,没几个钱,隔日打听个主儿把它卖了,能换几个钱是几个钱。大叔我还硬朗,就这么定了!"老支书说完,起身出了屋。

望着大伙集资的建校款,郭明义和秀云感动得热泪盈眶,他们用一张牛皮纸小心地把那一张张白条包好,取出一个黑红色的小匣子,把它放进去,然后装进床头那只剥落了漆的木箱中。

开春了,固坪村新的校舍开始动工。

这一天,郭明义来到工地,望着已初具规模的校舍,心里十分高兴,他爬上了房顶,和村民们一起干了起来。

忽然,他觉得腹内疼痛难忍,豆大的汗珠顺着脸颊滚滚而下。他知道老毛病又犯了,赶紧用双手捂住腹部,可是疼痛没有减轻,郭明义只觉两眼一黑,"咕咚"从房上滚了下来。

正在干活的村民们吓呆了,他们七手八脚扶起昏迷的郭明义,老支书和村民们轮流背着他,翻山越岭整整走了四个小时,才来到青山镇医院。

一见医生,老支书话也说不完整了,气喘吁吁地说:"快,医生,救救郭老师……"

"挂号了吗?"一个医生慢条斯理地问。

"还没有。"老支书忙赔笑回答。

医生脸上露出不高兴的神色,稍微检查了一下,便随手开了张药方,递给老支书:"取药去,另外再补个挂号费、诊断费。"

老支书接过药方却一下子犯了愁。怎么了?原来他走得太急,身上没有带钱。

　　大伙忙在口袋里翻。突然大黑爹眼睛一亮,他从口袋里翻出一张一百元的白条,一下子好像遇到了救星:"我这儿还有一百块钱。"

　　但这张白条很快就被从药房扔了出来,一个戴眼镜的收款员冷冷地说:"这算什么钱? 拿现钱来。"

　　大黑爹发急了,赶紧申辩道:"这怎么不算钱? 这是上面欠我们的,都盖着章哩。"

　　可是不管怎么说,医院坚持医院的规定,最后郭明义硬是被赶了出来。

　　走投无路的村民们最后把郭明义背进了一家老中医的诊所。老中医听完村民们的叙述,他被感动了。他足足为郭明义切了十几分钟的脉,然后长叹一声,什么话也没说。

　　老支书的心一下子沉了下去,他急急地拉住老中医的手,哀求道:"你可要想办法给他治好呀,他是我们村唯一的老师,孩子们还等他上课呢。"

　　老中医爱莫能助地摇摇头:"他得的是肝癌,你们还是赶快送县医院,越快越好啊!"

　　村民们闻听此言,不由面面相觑。他们知道,上县医院,那要更多的钱呀! 这钱从哪里来呢?

　　良久,老支书才像下了决心似的一跺脚:"我有办法了! 走,送县医院,天塌下来我们大家顶着!"

　　……

　　时间过得很快,一晃,郭明义在县医院已整整躺了十多天。他的病情不但不见好转,反而一日重似一日,渐渐地连食物也难以下咽了。大伙心里明白,郭明义的肝癌已到了晚期。但谁也不明说,他们仍然在老支书的指挥下,排队去血站卖血,用卖得的钱为郭明义治病。

将近年底的时候,在郭明义一再要求下,老支书替他办了出院手续。

郭老师要回村了! 消息像长了翅膀,传遍了固坪村每家每户。那天晚上,沿途的山野到处是等候郭明义回村的人,一支支火把如同一盏盏明灯,在黑暗中摇曳。

二十里有人在等,三十里有人在接,四十里有人在盼……固坪村的人护送着郭明义整整走了一个晚上,才回到了家。

第二天,郭明义的病情奇迹般有了缓解,他精神突然好了许多,天刚亮,他就要去学校看看。

新建的学校一溜九间,一字排开,高大的门,宽敞的院。人们用担架抬着郭明义,默默地逐个教室转了个遍,郭明义抚摸着崭新的课桌,双眼饱含着泪水。他见到挂在院中老梨树上的铜铃,忍不住伸手握住铃绳,轻轻晃了起来。

"当当当!"那美妙的铃声久久回荡在固坪村上空,回荡在固坪人心中。

就在这时,大门外匆匆走进一个人来,此人四十多岁,上穿中山装,脚蹬牛皮鞋,手提公文袋。这不是信用社的赵主任吗?人们不知发生了什么事,都瞪大了眼睛望着他。

赵主任来到郭明义身边,弯下腰,望着躺在担架上的郭明义,显得有些尴尬,但似乎又不得不开口:"郭老师,你贷的五千元建校款,已经到期了,不知能不能归还?"

郭明义微微睁开眼,想说什么,可已说不出话来,只能吃力地向站在身边的妻子作了一个手势。

妻子秀云会意,飞奔回家。不一会,她抱来一个约有一尺长、八寸宽的黑红色木匣。

人们迷惑不解,老支书打开一看,只见里面放着一张五千元的贷款收据,下面是一个用褐色牛皮纸包着的厚厚的纸包,上面写着一行大字:固坪村集资建校款。

难道这笔款没有用？所有的人都糊涂了。

打开纸包，里面是一张张发黄的纸条：

> 今欠固坪村刘二狗粮款肆拾元整。青山镇粮管所（印）
> 今欠固坪村赵老六粮款陆拾元整。青山镇粮管所（印）
> ……

这不就是那种不顶用的"钱"吗？大家一下子明白了过来，人人脸上露出愤怒的神色。

"这就是还款！"郭明义用尽全身力气喊出这一声，"哇"地一口鲜血吐出来，他永远垂下了头。

初春的固坪村突然之间下了一场雪，仿佛整个世界都披上了孝服。老支书的棺木盛着郭明义的遗体，缓缓地被村民们抬起……。

一座新坟建在固坪小学附近，没有墓碑，没有碑文，墓前却端端正正安放着一个黑红色的木匣子。它没有一个字，却向人们讲述了一切。

（阎建朝）

师生情

　　初三（2）班的学生宋力平也真怪，他头脑灵活，精力充沛，外语等成绩优良，谁知"万红丛中一点黑"，他的数学概念极差。每当看到数学老师洪伟元迈进教室，他就头昏脑涨心直跳；每当看到黑板上的公式和数字，他就耳鸣眼花、晕头转向。同学们说，宋力平在数学上是"出了窑的砖——定型"了。

　　这天，又是上数学课，只见洪老师一会儿对同学们讲着，一会儿又返身在黑板上写着，然后又指着黑板上写的进行提问。同学们听得津津有味，而宋力平却脑袋发涨，洪老师讲的他一点也没听进去。

　　"宋力平！"他好像听到有人在叫自己的名字，谁在叫？他不知道。

"宋力平!"这次他听清楚了,是洪老师,宋力平连忙站了起来。

"请你到黑板上把这道题解一下。"

解题? 宋力平一怔,朝黑板瞥了一眼。这是一道几何题,方的方,圆的圆,凭这些图形就已经使他眼花缭乱了。他走到黑板前转了个圈子,然后摇了摇脑袋,自嘲地笑了笑。

"不会做?"洪老师盯着宋力平,目光咄咄逼人。

宋力平心里嘀咕:明明知道,偏要揭穿,你是在有意难我,设下一处陷阱,埋下几个刀斧手,逼我低头! 但是,老师毕竟是老师,宋力平只得低下头,一声不吭。

"天下无难事,独怕老脸皮。如果一个人几次三番不会做题目,下课后又不努力补上去,反正答不上,随它去,那么这个学生再聪明,也过不了数学关,过不了毕业关!"

洪老师这番话,字字如针,句句似锥,刺得宋力平头皮发怵,脊背发冷。洪老师走到宋力平面前,说:"宋力平,这道题不会做,回去抄十遍。"

抄十遍,这已是第八次了,宋力平心里暗暗说道:洪老师呀洪老师,既然你这样奖励我,那么我就一定不辜负你的"期望"。咱们抬头不见低头见,走着瞧!

三天后的第一节课是数学,宋力平在家用白纸做了个小花圈,趁教室里没人,把花圈放在讲台上,然后溜出了教室。十分钟后,他背着书包慢悠悠地走进教室,教室里已经叽叽喳喳闹开了。花圈放在讲台上意味着什么? 显然是给老师的。是谁敢诅咒老师呢?

宋力平强忍着笑,听着同学们的议论,他希望谁也别去动花圈,让它放在讲台上,直到洪老师走进教室;他希望同学们继续议论下去,直到把上课的气氛搅乱了,那才有趣。

上课铃终于响了。宋力平想象着:洪老师挟着备课笔记本向教室走来。他一进教室,看见讲台上的花圈,他的表情会怎么样? 脸色土灰? 呼吸急促? 或拍案怒吼? 还是当场退出教室?

可是,他估计错了。洪老师走上讲台,只瞟了花圈一眼,然后笑笑把它放到了讲台下面,声音平稳地开始讲课。宋力平顿感自己不堪一击,在第一个回合中,已经败下阵来。

这天放学时,有同学通知宋力平到洪老师那里去一下。宋力平一听,脑袋"嗡"地炸开了:不用说,一定是花圈的事情败露了! 宋力平担心如果学校把这件事作为典型,对他来说不是"全线败退",而是"灭顶之灾"了。他步履沉重地走进了洪老师的办公室。他已作好了思想准备,准备接受洪老师"迎头痛击",准备面临"狂轰滥炸"。

可是,出乎预料的是,洪老师招呼宋力平在椅子上坐下,既未迎头痛击,也没狂轰滥炸,而是和风细雨地说:"宋力平,你数学成绩差,主要是逻辑思维能力不强。今天老师想系统地给你说一下。"说着,洪老师打开了课本。

什么? 宋力平简直不相信这是真的。原来老师不是为花圈的事找我,而是给我补课? 哈哈,看来洪老师迟钝到家了,完全是颗榆木脑袋!

谁知课讲到一半,洪老师突然脸色发青,豆大的汗珠从鼻子上沁出,他用写字台的角顶住了自己的肝部,呼吸急促地说:"老师有……有些不舒服,过几分钟……再讲……下去。"洪老师边说边用手绢擦去脸上的冷汗,强装出一丝微笑。

宋力平说:"洪老师,别上课了,我送你去保健室。"

可是洪老师固执地摇摇头:"不,今天的……课很重要,我能……上……上完的。"

洪老师想继续往下讲,可是过了三分钟,他脸色由青变紫,人软瘫了下去,宋力平惊得立即把洪老师背进了保健室。保健室的老师也着了慌,马上联系车子,把病人送进了附近的医院。

宋力平跟着其他老师和一部分同学来到了医院。同学和老师都在议论洪老师发病的原因，有的说他太辛苦，有的说他太节约，也有的说他是旧病复发，肝病是很难彻底恢复的。宋力平比别人想得更复杂，因为他想到了早晨自己做的那只花圈，会不会是因为自己恶作剧导致了老师的肝病发作呢？如果真是这样，那么自己真是罪孽深重了！

宋力平由于有了负罪感，对洪老师的病情格外关心。在急诊部的走廊里，他偶然从一位医生和护士的对话中得知洪老师经检查发现肝区左侧有个硬块。

宋力平一惊：硬块不就是肿瘤，肿瘤不就是癌症吗？洪老师得肝癌了！他想起刚才洪老师昏死过去的情景，便断定病情的严重性，得赶快把这消息告诉其他老师。于是，他一阵风奔出了医院。

老师和同学们得知消息个个大惊失色。肝癌，意味着生命只有三个月时间。因事情来得太突然，不少人眼圈一红，泪水夺眶而出。

这时，不知是谁提到了那只花圈，并且断定是那只该死的花圈把洪老师气出病来。大家立即激动起来，不仅口头声讨做花圈的人，还提出要组织调查组，查找线索，直至把那家伙千刀万剐为止。

宋力平听了像背上背了个沉重的磨盘，压得他喘不过气来。他心里想：自己送花圈只是想气气老师，出出心里的怨气，谁想到竟会引出这样的结局！如果自己有特异功能，能够心想事成，那么应该把情况再变回去，还老师健康！因此，这天晚上，他辗转反侧，难以成眠，一遍又一遍地为洪老师祈祷，他多么希望洪老师患的不是肝癌啊！

然而，宋力平担心的事真的发生了。第二天，一个年轻女教师进了教室，走上了讲台。她告诉大家，洪老师不会来上课了，他得的是肝癌晚期,昨天医生打开他的腹腔,发现癌细胞已经扩散……

年轻的女教师是来接替洪老师上课的。宋力平虽身在教室,却连老师的话一句也没听进去。他总觉得自己犯下了不可饶恕的罪行。从这天开始,他上学低着头,放学靠墙走,一天说不上三句话,常常是望着墙壁发呆。

压力越来越大,包袱越背越重。几个星期以后,宋力平终于下定决心,决定去校长室,他要向校长说出那只该死的花圈是他送的,是他使洪老师得了绝症。他知道这会在学校里掀起轩然大波,他一定会成为千夫所指,但是他愿意。他愿意接受学校的任何处罚,警告,记过,乃至开除!

就在他即将跨进校长室的时候,他站住了。因为他听见了洪老师的声音,看到了洪老师的身影,他听到了洪老师对校长的一番恳求。

那是洪老师的声音:"李校长,组织上对我的关心照顾,我都心领了。但这最后一课我不能不上。孩子们即将面临毕业考试,事关重大呀!军人不能在关键时刻离开战场,教师同样不能在关键时刻离开课堂。如果因为我没有坚持到最后,影响了同学们的成绩,这是我做教师的耻辱呀!组织上问我有什么要求,我只有一个,那就是允许我给同学们上完最后一课,和同学们告别,给他们提几点希望。我恳求组织,答应我这唯一的要求!"

校长被洪老师的真诚感动了,只得同意了他的恳求,上课就放在明天。

门外的宋力平听到这里,泪流满面,泣不成声。他捂着脸,奔回了教室。为了上好这一课,他特地理了发,换了干净的衣服,一早赶到了学校。

洪老师终于来了,当他走进教室的时候,全班的同学不约而同"刷"地一声全体起立,目光凝视着老师。

洪老师脸上挂着微笑，开始上课。说来也怪，宋力平一年多来毫不理解的数学题，在短短四十五分钟内他理解了。老师提问，同学回答，今天所有的同学，包括宋力平都回答得非常出色。老师满意地点点头："谢谢你，请坐。"

时间过得很快，四十五分钟太短促了！下课铃响起的时候，班上同时响起了一片哭声。

洪老师深情地说："同学们，老师的时间不多了。在临走之前，我有一个请求。在我任教的一年时间里，有许多地方做得不够。譬如，对同学过于苛求，罚同学抄题目，对同学不耐心，有时脾气暴躁。现在我给同学们鞠个躬，希望求得同学们的谅解！"说着他艰难地俯下身子。

同学们都哭喊着奔上讲台："老师，你不能这样！"

"老师，应该请求谅解的是我们！"

宋力平再也忍不住了，他"扑通"一声跪在洪老师面前，说道："洪老师，我一直隐瞒着，没有告诉大家，那个花圈是我做的。我对不起老师！我对……不……起……"他伤心得说不下去。

洪老师把宋力平扶了起来，用手抚摸着他的头说："宋力平，你不用感到内疚，病是本来就有的，并不是你给老师带来的。过去你数学成绩不好，责任在老师，所以老师争取了今天这个机会，给同学们补一补课，说几句心里话。"

说到这里，洪老师把脸转向大家，"同学们，初中毕业很重要，希望大家再努力一把，夺个好成绩。"说完他两手相抱，高高举过头顶："希望大家成为国家的有用之才，这是老师诚挚的心愿！"

全班同学泣不成声，全体肃立着目送洪老师缓缓走出教室……

（陶文进）

海 阔 天 空

生活就是生活。一个人只要有勇气，生活就会变得多么美好。

为了明亮的眼睛

　　暑假的第一天,京龙骑着黑豹马,准备进天山腹地去采雪莲。艾莎听到这消息后,吵着也要跟他去山里玩耍。艾莎是他的邻居,又是他的同学,京龙能拒绝吗?京龙果然二话没说,把艾莎拉到马上,就策马向天山走去。

　　艾莎头一次骑马,坐在马背上对一切都感到好奇。忽然,她拍了拍马头,想催它快走,不料这匹马性如烈火,得到命令后竟四蹄腾空,飞奔起来,"呼"地跃进了胡杨林的林间小道,艾莎吓得捂着脸,"啊——"一声惨叫,几乎要坠下马来。京龙眼疾手快,立刻左手扶住艾莎,右手紧提马缰,马被勒住了,可艾莎的右眼已被树枝扎伤。

　　艾莎被送到县医院,躺在病床上,京龙赶来看望她。京龙安慰的话没说到一半,谁知值班医生走过来对艾莎妈妈说:"你女儿右眼的角膜被扎破了,我们这里条件有限,难以治疗,要马上转送到城里大医院去。"

"那得需要多少钱呀?"艾莎妈妈焦急地问。

"大概需要一万元吧。"医生说。

京龙忙站起身来,抖抖索索从衣袋里掏出一百元钱,递了过去,说:"阿姨,这是我新学期的学费,就先给艾莎治眼用吧!"

"啪"艾莎妈妈一扬手,把钱打落在地,愤愤地说:"你听清楚了吗?治眼要花一万元哩,你这百把元钱有屁用?我女儿的眼是你扎坏的,你快叫你爸爸来医院,医疗费必须由你家拿!"

不一会儿,京龙爸爸赶来了,只见他打开层层裹裹的布包,嗫嚅着说:"艾家嫂子,今年我承包的棉花收成不好,可投资的本钱却花了一万多元,这五千是我东挪西借凑来的,您先拿着用。"

"滚!我女儿的眼睛,难道是你这五千元钱能买回来的?"

艾莎听了大人们的谈话,急得叫起来:"妈妈,扎伤眼睛是我自己惹的,一点都不怪京龙哥哥。你再这样说话,我就不治病了,宁可瞎了这只眼睛!"说着就撕蒙在眼睛上的纱布。

艾莎妈妈急得一把按住艾莎的手说:"可是缺五千元钱呀,我可怜的孩子哇!"说罢,号啕大哭起来。

京龙见此,什么话也没说。他悄悄地退出了医院,心想:艾莎妹妹的眼睛不能瞎,自己即使上不了学,即使走遍天涯海角,也要挣钱给她医好眼睛!

他离开了县城。可究竟要到哪里去呢?他不知道。

七月,骄阳似火,无边无际的戈壁滩上滚动着灼人的热浪。京龙从来没出过远门,身上既没有带水,也没有带干粮。他走了一阵后,喉咙冒烟,双腿如同灌了铅,可是一想到艾莎妹妹的眼睛,他还是咬着牙一步一步地向前走。就在他流尽最后一滴汗,用尽最后一点力的时候,一头栽倒在滚烫的沙子中……

　　京龙醒来时，发现自己正躺在一座穹形的蒙古包里，身边站着一个络腮胡子大叔，还有一个满身佩着银片、穿着蒙古袍的阿姨。大叔叫扎里克，那阿姨是他的妻子，夫妻俩是在这片草原上放牧的。原来扎里克大叔赶着马车到县城去卖牛奶，在回来的路上救了他。刚好，扎里克大叔这时节正缺人手帮忙，就问京龙是否肯留下来，还答应每月给他五百元，京龙一听正合心愿，就满口应承了下来。

　　京龙骑马的技术本来就很好，这样他天天和扎里克大叔在草原上放牧。扎里克大叔家自从来了京龙，整天笑声不断，扎里克大叔似乎年轻了十岁。

　　转眼间，两个月过去了，京龙已经挣到了一千元钱。他真想把这些钱邮给艾莎，可是转念一想，如果家里知道了他的下落，就定会找他回家去，那样就不能挣钱为艾莎妹妹医治眼睛了。于是，他打消了汇款的念头。

　　这一天，扎里克大叔到城里去卖牛奶，京龙就一个人出去牧羊。他骑上了一匹快马，扛起了长长的牧羊鞭，吆喝着五百多只羊来到了山坡上。四处连个人影都没有，只看到洁白的羊儿四散开去，就像晴空中飘浮着的云朵。京龙的心情一下子好了许多，心想：再干八个月，就可以攒足五千块钱了。突然他发现羊群疯了似的四处逃窜，定睛一看，有四只沙狼闯进了羊群，把羊惊得炸了群。他立刻举鞭策马冲到沙狼跟前，"叭叭"几鞭，四只沙狼被抽得嗷嗷狂叫。然而凶猛的沙狼负伤后更加凶残，它们丢下羊群，从四面向京龙包抄过来。一开始，京龙的马鞭像闪电，打得沙狼节节败退，但时间一长，京龙就感到力不从心了。有一只沙狼已经咬住了马的后腿；另一只沙狼趁马回头之际，又咬住了马的前腿；另两只沙狼蹿上来，像人一样站立着，啃住了马的脖子。尽管马再三挣扎，但还是被四条恶狼扯倒了，京龙也从马背上摔下来。四条恶狼一阵乱撕，将马咬死了，见只剩下了一个十几岁的孩子，竟得意地发出了"嘀嘀"的狂笑声，一步一步地逼过来。

就在这千钧一发之际，"砰砰"几声猎枪响了，四条恶狼的脑袋都开了花，倒伏在草地上。京龙抬头一看，是扎里克大叔骑着马、举着猎枪奔了过来。京龙一下子扑到扎里克大叔怀里。扎里克大叔拍拍京龙的肩膀，安慰了一番。过了一会儿，两人把四散的羊圈起来，数了数，五百多只羊竟然一只也没丢！

回到蒙古包，扎里克大叔将京龙叫过去，对京龙说："孩子，你今天很像一个男子汉，我为你感到高兴。这四千元钱，算是我的一点心意。"说着将一沓钱塞进京龙的口袋。身边一下子有了五千元钱，京龙甭提有多开心了。激动之余，他便将自己为何出走讲了出来。扎里克大叔听了，沉吟半晌，郑重地说："孩子，明天你回去吧，一是给艾莎治眼睛，二是别误了上学的时间。"京龙听了，泪水慢慢糊住了双眼。

晚上，兴奋的京龙小小的年纪竟然失眠了。他辗转反侧睡不着觉，就爬起来，走出了蒙古包。他先来到了牛圈，看着奶牛正安闲地吃着夜草，想到就要和这些伙伴分手了，心里真有几分依依不舍。

突然，他浑身打了个冷战，发现南面的羊圈着火了。他大叫一声："扎里克大叔，起火了！"一面狂奔过去，打开羊圈的木栅门。此时夜风卷着火光直冲天际，火势越烧越猛，受惊的羊群像决堤的水一样涌出来。

京龙扑向最后的一个木栅门，浓烟裹着烈焰，从他脸上、身上掠过，他不顾一切，咬着牙，打开了木栅门的铁扣，一百多头羊，一拥而上，京龙躲闪不及，被撞倒在地，羊群从他身上踩了过去。

闻声赶来的扎里克大叔抱起了他，他一头昏倒在这个蒙古汉子宽大的胸膛上……

　　京龙被送进了三个月前艾莎住过的县医院。他醒过来，发现病床边坐着爸爸。他的嘴努力地张开，叫了声"爸爸"，然后艰难地从衣袋里取出钱，交到爸爸的手里："爸爸，钱，钱……这是我挣的，是给艾莎妹妹治眼睛的！"

　　"京龙哥哥——"这时，艾莎和她妈妈也赶来了。艾莎把脸凑过来，告诉京龙说，她去城里看过专家门诊，经过一段时间的调养，眼睛很快便好了。说着，还把眼睛滴溜溜转了几下。

　　京龙盯着艾莎明亮的眼睛，脸上露出了欣慰的笑容……

（高传省）

小大胖

　　湘潭小学六年级有个外号叫"小大胖"的学生,今年才十一岁,可体重已达 128 斤,远远望去:圆手圆脚圆脑瓜,活脱脱像只吹足了气的大皮球。

　　小大胖为何这么胖? 第一,能吃。一顿要吃 8 两米饭。他妈妈还特地在他肚兜处做了一只大口袋,里面放一只半斤重的面包,平时小大胖一饿,马上加餐。第二,能睡。小大胖只要眼睛一闭,就是身边地雷爆炸,他都醒不过来。

　　这天晚饭后,小大胖上街看电影,妈妈怕他肚子饿,又给了他一只大面包。小大胖高高兴兴进了电影院,谁知电影不精彩,看着看着就睡着了,待他醒过来,电影院早就散场了,四下里黑呼呼、静悄悄的。小大胖揉着被椅子撞痛的圆脑袋,走到大门口,用力敲了半天门,才有一个值班的阿姨把他放出了电影院。

这时,已是夜深人静了,街上见不到一个行人。小大胖提提裤子,接连打了几个哈欠,他穿大街、走小巷,很快又拐进了一条漆黑的小巷子。

小大胖正急匆匆走着,不料脚下一绊,"扑通"跌倒在一个人身上。他用手一摸,那人身上滑腻腻的,还闻到一股刺鼻的血腥气! 吓得小大胖头皮发麻,差点喊出声来。

这时候,躺在地上的那个人轻轻地呻吟起来。小大胖借着月光一瞧,认出是同学的爷爷,一个贩猪肉的个体户,忙喊道:"爷爷,爷爷,您怎么啦?"那老人也认出了小大胖,有气无力地说道:"小大胖,刚才,一个坏蛋捅了我三刀,抢走了我贩肉的 800 块钱……快骑我这单车去报告,坏蛋朝前跑了……"

小大胖听了,以为自己是在做梦,忙用手拧了一下自己的胖脸蛋,生痛生痛的,便想起了老师说过的"维护治安,人人有责"的话,浑身来了精神。嘿! 我一定要抓住这个坏蛋! 说时迟、那时快,小大胖扶起单车,一纵身骑了就追。

果然,出巷口不远,小大胖就发现前面有一个黑影在仓皇逃窜,只见那人腰身细、个子高,手上正握着一把带血的刀。唔,没错,就是他! 小大胖看准对象,也不说话,两腿用力一蹬,"嗨——"连人带车一下子把那瘦高个撞了个狗吃屎。小大胖不敢怠慢,一纵身像骑马一样,把自己那 128 斤的身体重重地压在瘦高个的身上,又举起两只肉鼓鼓的小拳头,一边砸,一边骂:"哼! 坏蛋! 我看你抢劫! 看你杀人……"

那瘦高个呢,突然遭到这一巨大冲击,一时间倒被砸懵了,直到听小大胖不住地骂,才发现对手竟是个孩子,不由得眼珠一转,骗道:"哎,小鬼,别胡闹! 杀人犯在前面。"

"不,就是你,就是你!"

瘦高个见骗不了,想翻身,可又动不了,只好求饶道:"小鬼,我给你钱,喏,100块,好吧？你学习雷锋,做个好事,放我一条生路!"

"呸!谁要你那黑钱!告诉你!学习雷锋,就要抓住你!"小大胖索性扯开嗓门叫起来:"快来人呐——抓杀人犯呐——"

随着喊声,街道两旁的人家亮起了电灯,有人推开窗户,探出头来观看。瘦高个见大事不妙,使出浑身劲,一躬身子挣扎着爬起来,嘴里还凶狠地威胁道:"你再喊,我用刀捅了你!"

小大胖毫无惧色,死死地抱住坏蛋的腰,那瘦高个见远处有不少人朝这里奔来,顿时吓慌了,用拳头没头没脑地狠揍小大胖。小大胖被打得头昏眼花,他怕坏蛋逃脱,一歪脑袋,照准瘦高个手臂狠狠地咬了一口,瘦高个疼得一声惨叫,随手举起了那把带血的匕首,"哧"一刀刺入了小大胖的腹部。小大胖只觉得一阵头晕,慢慢地倒了下去。

这时候,四周群众赶到,瘦高个东窜西逃了一阵,最终被大伙当场擒住了。

人们扶起昏迷不醒的小大胖,凑着路灯一看,只见小大胖满脸满身都是血,那把罪恶的刀子,深深地扎进他的肚子里,只留下根刀柄,看来这孩子生命垂危,大伙都难过得低下了头。

这时值班民警喊来救护车,小大胖的妈妈也闻讯赶来,一见这副惨相,不由得放声痛哭。

妈妈的哭声和车子的颠簸,慢慢地使小大胖苏醒过来。他睁眼瞧瞧,忙问:"坏蛋抓住了吗?"妈妈点点头,用手轻轻地抚摸着儿子的肚皮:"痛吗?"小大胖的手一触到刀柄,立即急促地喊道:"妈妈,别动,我听同学说过,刀捅进肚里不能拔,一拔肚皮就会漏气,人就要死了。妈妈我会死吗?"车厢里的人听了,都低下头抹起眼泪来。小大胖刚想说什么,突然觉得嘴里有团软乎乎的东西,忙"扑"地一声吐了出来,妈妈一看是块肉,惊得大声问:"孩子,这是……"小大胖想起来了,不由得骄傲地说:"妈,我把那坏蛋手臂上的一块肉给咬下来了，我没输给他。"

　　不一会救护车驶进医院，主治医生一见小大胖浑身是血，急忙说："快进手术室!"不料，小大胖"哇"地一声哭了起来："妈妈，我要妈妈。"妈妈淌着泪道："好孩子，不用怕，待会妈妈接你回家。"小大胖摇摇头，说："妈妈，我要死了，我想和同学们玩。"民警叔叔强忍住悲伤，轻轻说道："好孩子，你不要怕，治好病再和同学们玩吧。"小大胖听了，觉得有点惭愧，男子汉死就死，掉泪多难为情，所以把胸脯一挺，学着电影里的英雄说："妈妈，我们老师说过，人死后，遗体可以派用场，我想外婆瞎了眼，走路不方便，把我的眼睛给她吧。叶老师常给我们讲故事，是个大好人，最近腰子被切除了，把我的腰子给他。还有我的书包、铅笔……都给同学们吧。"听着小大胖似懂非懂的临终遗嘱，人们似乎看到了一颗天真无邪的童心，一个个泣不成声。

　　小大胖被推进手术室，量体温、测血压。奇怪，一切正常？主治医生果断地发布命令："脱掉孩子的衣服!"小大胖知道自己的生命将走到终点，便使出浑身力气喊道："妈妈，再见了!"这时，忽听有人惊叫一声："啊!"接着手术室里"哄"地一声，哈哈大笑起来。主治医生拍拍小大胖的胖屁股，笑呵呵地说道："快起来吧，你好啦!"小大胖被弄得莫名其妙。

　　这是怎么回事？原来小大胖妈妈今晚在他肚兜上的口袋里装进一只半斤重的大面包，那坏蛋一刀正巧刺中那只厚厚的大面包。那血嘛，是同学的爷爷身上沾的，还有瘦高个手上淌下的。着实让人虚惊一场。

　　　　　　　　　　　　　　　　　　　　（陈献民）

花儿为什么这样红

英英是北京一所重点中学的高三学生,平时读书住校,休息日才回家。这个星期天,爸爸、妈妈都出差了,她一个人在家里,躺着也不舒服,坐着也不得劲儿,看电视也觉着没多大意思,于是决定到外边去走走,蹓蹓胡同,或许能提起点儿精神来。

北京的胡同特别多,据说有名的三千六,没名的似牛毛,英英专走那些窄窄的、平时走不到的地方,蹓来蹓去,倒也挺有滋味儿。

此刻,英英正走在一条叫"羊耳朵"的小胡同里,忽听有人喊:"姑娘,姑娘!"

英英回过头来,只见一个青砖垒成的门楼前,站着个爷爷,头发胡子全白了,两条腿好像有点儿站不稳,直打颤。英英问:

"您是叫我吗？"

那爷爷点点头，说："姑娘，你能不能进来一下。"

平时要换个人这么说，英英准得扭头就走，谁知道他葫芦里卖的什么药哩！可现在一看这爷爷弱不禁风的样子，不知怎么，英英心里一点儿也不害怕，她立即走了过去。

英英跟着那爷爷上了台阶，走进一个小院，里面的房子很陈旧，院里长着许多杂草，墙角还堆着不少碎砖头。爷爷带着英英进了一间北房，英英一看里边有张床，床上躺着一个比爷爷还老的爷爷。英英一下愣住了：我这不是进了爷爷庙了？

只见躺在床上的爷爷对英英自我介绍说："姑娘，我叫景云龙。"他又指了指带英英进门的那个爷爷，说："这个是我的邻居，叫李健威，不会说话，大伙儿都叫他'笨嘴李'。不知道他是怎么把你请进来的？"

看着两个爷爷一脸的慈祥样儿，英英说："李爷爷嘴不笨，他一说，我就进来了。"

两个爷爷听英英这么一说，禁不住咧嘴笑了。

原来，那个年纪大的景爷爷年轻时父母就双亡了，他孤身一人，老老实实地干活，靠两只手挣钱，目的只有一个，就是要娶个媳妇。可景爷爷穷得叮当响，挣来的钱刚够把自己的肚子填个半饱，哪儿能再谈得上攒钱娶媳妇呀？到了快四十那年，他好不容易才娶了一个比他小10岁的穷姑娘。景爷爷可疼这个媳妇呢，在外边别人给了俩杏，他连闻也舍不得闻一下，一溜小跑地往家送，给景奶奶吃。夏天，景奶奶说个热，他就扇半夜小扇子。按说景奶奶对景爷爷也是知疼知热的，可就是脾气不太好，三天两头跟景爷爷吵，一吵就提着小包袱回娘家，一住就是两三个月。不过，她不用景爷爷去请，到时候自己就回来了。其实也不为什么事，比如吃饭吧，剩下点儿，景奶奶说别占着盆碗了，都吃了吧，景爷爷说不，肚子里没地方了，就这么吵起来。两人结婚三十多年就这么过来的。净顾了怄气，连生孩子也给耽误了。上个月，景奶奶一赌气又拎着包袱走了，景爷爷想写封信把她叫回来，可这院子里除了李爷爷没别人，这老哥俩又全不认字。李爷爷挺热心地说："我到门口找个人来替你把这信写了。"景爷爷不信，摇摇头说："就你那笨嘴，还能找人来？"李爷爷不服气："那你等着。"就这么着，李爷爷在院门口站了刻把钟，正碰上英英蹓跶过来，便把她给叫进了院里。

听到这里，英英"扑哧"一声笑了："景爷爷，再过一些时候，景奶奶不就回来了吗？你们几十年都过去了，难道这回等不及了？"

"姑娘，"景爷爷苦笑了一下，对英英说，"我是等不及了，怕她回来见不着我了。"景爷爷说着，从枕头底下拿出自己的病历卡，递给英英，说："你看，我活不了几天了。"

英英接过来一看，心头猛一沉，原来景爷爷真的得了绝症，而且已经到了晚期。英英赶紧说："景爷爷，那咱们就写信吧！"

站在一边的李爷爷立即拿出早已备下的笔、纸，还有信封。

景爷爷抬头看了会儿顶棚，然后叹了口气，说："姑娘，你这么写吧，就说我真想她，她回来以后，她说啥我听啥，再也不吵架了……你再写上，这么多年，我委屈她了，人要是能再活一回……"景爷爷说到这儿，语塞了……

英英的心猛地缩成一团，她直觉得两眼发酸。英英平时作文成绩特别好，这会儿，她按着景爷爷的意思，充分施展着自己的本事，给景奶奶写了一封信，信上真是字字含情、句句带泪。英英想：景奶奶就是个铁人，看了这封信也得化成水了。当她最后放下笔的时候，她自己都感动得哭了。

英英一哭，可把李爷爷急坏了。

李爷爷着急地问："姑娘，哪儿不舒服了？"

景爷爷瞪了李爷爷一眼："你少说几句吧，姑娘这是同情我，是个好姑娘哩!"

英英把泪一抹,拿起信,说:"景爷爷,我这就替你寄出去!"

景爷爷很感激地点点头,便请李爷爷送英英出门。

时间过得真快,又一个星期天到了。这一整个星期,英英老惦着景爷爷家的事,从学校回来,她又去景爷爷家。她还特地带了一架相机,猜想此刻景爷爷和景奶奶一定亲亲热热在说话哩!得好好给他们照个合影。对了,最好再送一束花去,自己的爷爷过生日的时候,英英就喜欢用零用钱给爷爷买花,爷爷可喜欢了,景爷爷、景奶奶也一定会喜欢!对了,这件事可以写进以后的作文,题目嘛,就叫"花儿为什么这样红"。

英英一路哼着歌儿,高高兴兴地跨进景爷爷家的院子。没想到她一进门,就看见景爷爷和李爷爷低着头闷坐在屋子里,谁也不看谁。英英心里一愣:"爷爷,景奶奶没回来?"景爷爷摇摇头,说:"回来?她连信都不肯收,信给退回来了。"英英一看,果然,她上个星期寄出去的那封信正放在桌子上,上面贴着一张纸条,画着一个钩钩。英英拿过来一看:欠资,退回原处。啊,原来是因为自己当时太匆忙,忘了贴邮票了。英英真恨不得给自己狠狠两个耳光,她捏着那封信,立刻就朝邮局跑去。

这回不但贴了邮票,还挂了号。接下来的一个星期,英英几乎天天在掰着指头算日子。好不容易熬到周末,她从学校回来,没回家,就直接去了景爷爷那儿。

只见房门锁着,英英的心立刻沉了下去,她赶紧扒着窗户往里看,只见景爷爷的床上蒙着白白的单子,床边的小桌上摆着一瓶玫瑰,在白单子的映衬下,显得特别特别鲜艳,真像歌里唱的,"红得好像燃烧的火"。英英简直要哭出声来:难道真是因为自己的粗枝大叶,把事儿给耽误了?她不敢再往下想。

这时,身边传来一阵脚步声,英英扭头一看,只见李爷爷拎着酒瓶,趿拉着鞋,正朝她走来。"李爷爷,景爷爷他……"英英紧张得心都要跳出来了。

李爷爷又是点头,又是摇头:"姑娘,你来晚了一步……他……他刚走。"

一听"走"字,英英的泪水一下涌了出来。

只听李爷爷说:"他临走时,特别想见……见你,可是不知道你住在哪儿……也不知道你叫什么名字,所以,他……"

听到这儿,英英再也忍不住了,一转身趴在门框上哭了起来。

李爷爷走过来,把酒瓶放在窗台上,轻轻地拍拍英英的肩膀,说:"孩子……别难过了,反正也……"

李爷爷越是这么说,英英的心里越是不好受,她擦干泪水,告别李爷爷,慢慢地往外走。

没想到李爷爷叫住她,说:"姑娘,你要常来呀,说不定哪天他就回来了。"

"什么?"英英听不懂李爷爷在说什么,既然景爷爷已经走了,又怎么再回来?要是往常,英英早吓得大叫起来。

李爷爷挺认真地对英英说:"那天,你景奶奶接到你写的信就来了,她带着景爷爷去旅游了。他们说,特想见见你。我想,用不了几天,他们……"

英英一听,高兴得差点儿蹦起来。她跑上去抓住李爷爷的手,大声说:"谢谢笨嘴爷爷!"

(崔 玥)

跟着「冰棍」走

　　跳舞跳得好的人叫"舞棍",麻将搓得好的人就叫"赌棍",那么,旱冰溜得好的人就该叫"冰棍"了。

　　小梅认识一个"冰棍",是在市文化宫溜冰场上结识的,他的旱冰溜得相当好,无论是空翻全旋,还是 U 形道技巧,八个轱辘在他的脚底下,简直就像是哪吒脚下的风火轮,神了!任何时候,只要他出场,全旱冰场的目光就都聚焦在他身上,鸦雀无声。

　　没有人知道他从哪里来,叫什么名字,大家索性就叫他"冰棍"。

　　冰棍喜欢结交女孩子,而且越调皮的女孩他越喜欢接近。小梅是全旱冰场有名的"皇后"——她将近十六岁,嘴唇涂得黑黑的,天天逃学,叼着根摩尔烟满场子疯逛瞎溜,自然很快就被冰棍相中。冰棍年轻,长得又帅,一来二去,不费吹灰之力就和小梅打得火热了。

小梅一投靠冰棍,她的众多手下自然也拜倒在他的门下。不过,冰棍的溜冰技术一流,活法却一点不新潮,他首先要求门下的弟子不能逃学,不能嗑"摇头丸",甚至也不能抽烟。师命难违,这么一来,他的弟子只得规规矩矩地学溜冰,老老实实地上课。近朱者赤,近墨者黑,时间一久,竟也有几个慢慢地变规矩了。

可是,有人欢喜有人愁,孩子们不逃学泡溜冰场,溜冰场的生意日见清淡,那个胖老板眉毛皱成了团。为了重新打开局面,他一面找冰棍谈判,一面从东北请来了一位号称"冰上飞"的溜冰高手看场子,和冰棍决战。

冰上飞给冰棍下了战书。这冰上飞可不是个吃素的角儿,他从四岁起就开始学溜冰,六七岁就在市级轮滑大赛中获得大奖,十五六岁就入了省队。只是后来因为沾染了恶习,和社会上的一些流氓为伍,被开除出省队,后来就以溜冰为职业,这样,他的技艺就更加炉火纯青。冰上飞这回趾高气扬地发出挑战:谁输了,以后就永远退出旱冰场。比赛的内容有速度轮滑、U形道花样技巧和个人特长三项。

小梅耳目众多,她很快得到了确切的消息:溜冰场的胖老板已经联络好打手,如果冰棍到时获胜,就叫人在场外打断他的腿,让他永远上不了溜冰场。小梅把这情报偷偷告诉了冰棍,谁知他只是微微一笑,也不说什么。小梅急得直跺脚:"你这家伙,不吃亏还真不知道小刀是铁打的哩!"

比赛那天,旱冰场外挤得水泄不通,小梅也带了五十多人为冰棍助阵。两个选手都穿戴整齐:冰棍是一身牛仔短装,长裤拖地,看起来像一团蓝色的火焰;冰上飞穿的是黑色束身装,他神色诡谲,脸上显得十分冷漠。胖老板已经在暗中告诉他:为了保证让他得胜,他们已经在冰棍穿的那双轮滑冰鞋里做了手脚,右鞋的装配架和轮轴都被锯断一半后再封上电镀漆,比赛之初可以支撑一会儿,但用力太猛就会断裂直至底轴散架。他们计算好了,冰棍用力最猛时,也就是他在U形道上腾跃翻旋时,让他从半空中摔下来,不死也会断胳膊折腿,嗨,这才是最精彩的"花样技巧"呢!

比赛开始了,第一轮是速度轮滑。"砰——"发令枪声响起,两个站好预备姿式的赛手前脚抬离地面,迅速外转向前,同时用力蹬直后腿,像箭一样地疾射出去。小梅带领同伴使劲喊道:"冰棍加油!冰棍加油!"忽然,小梅他们听到另一个角落也有人在为冰棍喊加油。她一看,咦,那些不是市公安局的便衣刑警吗?他们怎么也来了?他们那几张面孔,在这个市的小混混眼里简直比流行歌星还熟悉呢!这不,那个留着小胡子的郑大队长,以前小梅还在他手上栽过,他到小梅家来过几趟,苦口婆心地给她上"思想课",无奈她父母正为离婚闹得不可开交,谁也顾不上管教孩子。想到这一些,小梅糊涂了:这冰棍到底是哪路人马?

这时,冰棍和冰上飞在跑道上争先恐后地滑行,冰棍果然技高一筹,一会儿,那团蓝色的火焰便最先到达了终点。小梅他们尽情地欢呼,胖老板和"冰上飞"却在心里暗暗发笑。

第二轮比赛U形道花样技巧,U形道足有半层楼高,平面看上去就像剖开的半个球面。只见冰棍纵身一跳,身子轻盈地跃上了U形滑道,他像一只矫健的海燕,轻捷地在波谷上滑翔,双脚旋转,腾空转体……大家正在一阵阵地惊叹呼叫,忽然,冰棍右脚的动作显得笨拙起来!溜冰的人在U形道上翻飞的时候,最怕的就是在半空中迟疑不定,因为稍有迟疑,滑行时所依赖的惯性就会减弱,结果自然是凌空掉落。冰棍感觉到右脚的冰鞋有问题时已经迟了,瞬息之间,鞋上的轮轴整个爆裂,发出了金属断裂的清脆响声,胖老板和冰上飞希望看到的场面终于出现了:冰棍像一个断了线的风筝,跌跌撞撞地从 U 形道球壁上摔了下来……

冰棍虽然竭力用左脚硬生生地在道壁上划出一条深深的沟痕,大大削减了他下坠的地心引力,但是那重重的一击,还是使他的右腿在水磨石地板上撞断了,那孤零零的一条腿,脱离身体飞出老远!

所有的人都目瞪口呆,面对着眼前的这场惨剧,小梅痛苦地闭上眼睛,声嘶力竭地惨叫起来……

很奇怪的,整个旱冰场忽然静了下来,很静很静,静得连根针掉在地上都听得见。小梅战战兢兢地睁眼,她简直不敢相信自己的眼睛:冰棍那空荡荡的右腿裤筒根本没有半点血迹,他压根儿就没有右腿——刚才飞掉的是他安装在大腿根上的假肢!只见冰棍从地上爬起来,把空荡荡的裤筒打个结,单凭左脚四个轱辘,纵身一跃,飞身上了 U 形道,用一只脚继续溜冰!真是不可思议,那 U 形滑道,正常人都视为畏途,可在一个独肢的残疾人脚下竟如平坦的大道,他自由自在地腾飞跳跃、翻转溜滑,他简直不是在用脚滑冰,而是用他的灵魂、用他生命的热情!

这时,溜冰场里响起了广播声:"冰棍,原名李志远,从小就热爱冰上运动……"只见郑大队长手里拿着话筒,在给冰棍配解说词呢——

"他有过美好的童年,可也曾犯错误进过少管所。那一天,他躺在铁轨上想自杀,火车轰隆隆地开过来,是少管所的王指导员奋不顾身地把他从铁轨上推开。他失去了一条腿,可王指导员却永远地离开了这个世界。是王指导员用自己的生命唤醒了他的灵魂,他发誓,要继承王指导员的遗志,把那些迷途上的少年从犯罪边缘挽救回来,他想到了自己的特长……"

所有的人听了都热泪盈眶,冰上飞自知和冰棍相比,做人的道理懂得少,溜冰的技艺差得远,他又羞又愧,悄悄地从后门溜走了。后来,听说也终于改恶从善。

至于胖老板,因为他纵容犯罪分子在娱乐场所从事"摇头丸"等毒品的交易,被吊销了营业执照。市文化宫便把旱冰场转包给冰棍经营,据说生意异常红火,后来,那里还成了中小学思想品德教育基地呢!

小梅和她那一帮女孩子一心跟着冰棍走,脱胎换骨变了样。而冰棍呢,则像亲哥哥一样关心着她们,直到现在……

（欧 畅）

舞伴

1988年秋,冯新考入江西大学作家班就读。为了全方位地体验丰富多彩的大学生活,他请班上一位深谙交谊舞舞技的大姐,在宿舍里的走廊上对他强化训练了一个星期。冯新乐感强、悟性好,只不过几天工夫,不仅"三步"、"四步"过了关,就连"伦巴"、"探戈"也操练得像模像样了。

周末之夜,冯新邀了几位也是刚扫完舞盲的男同学到校园舞厅去初显风采。

可是当他们兴致勃勃地来到舞厅门口时,那几位同学却担心邀不到舞伴不敢进去了。冯新给他们打气:"瞧你们,门都还没进,就吓得趴下了,真小家子气,呆会儿瞧我的!"说着,一把将他们拽了进去。

舞厅里早已人头济济,那闪闪烁烁的灯光,一对对旋转的俊男靓女,直看得这些初入舞场的男同学眼花缭乱。

冯新定了定神,在心里暗暗对自己说:头炮一定要打响,最好能邀请到一位既漂亮又有气质的姑娘。他满场子一看,女舞伴都被邀下了舞池,周围椅子上坐着的都是些没邀到舞伴的小伙子,看来只有等下一支舞曲再说了。

冯新正后悔来得太晚时,眼前蓦地一亮,发现有一位年轻姑娘竟独自坐在角落里。这是一位美得令他惊叹的姑娘:一头乌丝披肩,一袭白色衣裙,双手托腮,正全神贯注地望着翩翩起舞的人们。

真是天助我也!冯新激动地走到她面前,颇有绅士风度地做了个"有请"的手势。

姑娘一愣,没有站起来,只欠了欠身子,说:"对不起,我不会跳舞。"

"你不用谦虚,请吧!"

"我真的不会跳。"那姑娘脸涨得通红。

冯新心里"咯噔"一下:糟糕,出师不利,一开始就碰了个软钉子。这样年轻漂亮的姑娘,能不会跳舞?

怎么办?冯新偷偷瞥了一眼坐在不远处的同学,他们正挤眉弄眼地在看他的笑话。不行,决不能败下阵来。

冯新依然赔着笑脸说:"不会跳也不要紧,跳舞其实就是在音乐中散步,跟着音乐多走几圈自然就会了。"说完,他伸手就去拉她。

不料,那姑娘将身子猛地一扭,尖声喊了起来:"你、你干什么?"

看她那一脸煞白的样子,就像遭受了强暴似的,冯新一时竟不知所措了,真恨不得找个地缝钻进去。

更要命的是,大概听见了姑娘的喊声,两个身着制服的保安人员正满脸警惕地朝这个方向走来。

冯新怕惹上说不清的麻烦事,再也顾不上他的那几位同学,赶紧落荒而逃,狼狈不堪地离开了舞厅。

冯新发誓不再进舞厅,却经不住同学们的多次怂恿,最终还是去了。

当然,随着次数的增多,冯新的舞技也日趋成熟。每当他搂着可人的舞伴不停地旋转时,总希望再与那位孤傲的姑娘相遇,因为他要用事实告诉她一个最简单的真理:死了张屠夫,不吃浑毛猪。

可奇怪的是,这个姑娘从此再也没有在舞厅里露过面。起初冯新还耿耿于怀,时间一长,自然也就渐渐淡忘了。

大约两个月以后的一个周末之夜,冯新刚刚踏进舞厅,一张熟悉的面孔就落入了他的眼帘:没错,是她,是那位高傲的姑娘,依然乌丝披肩、白色衣裙,依然坐在上次那个座位上。

所不同的是,姑娘全没了上次那种孤傲之态,一看见冯新,脸上就露出了友好的微笑,那眼神分明是在传递希望他邀她共舞的信息。

冯新心里一愣:跟上次相比,她为何判若两人?

但他马上就明白了!自从前不久他们作家班与校园文学社的对话活动中他大显辩才以来,中文系那些女同学都以能与他共舞一曲为荣,说不定她也是文学发烧友,对冯新的知名度能不有所耳闻?

冯新不免暗自得意,正打算不屑一顾地从她面前走过去,却临时又改变了主意:何不趁此机会以我的舞技彻底征服她,让她为上次的高傲浅薄而脸红?

此时,乐队正在演奏欢快的圆舞曲,这是显舞技、见功力的最佳时机。于是冯新快步走到她面前,说:"小姐,如果没记错的话,我们这是第二次见面了。这次愿意赏脸吗?"

姑娘的脸一下涨得通红："我非常高兴，只是我实在不会跳快三，是不是下一曲……"

听她的回答，冯新心里涌上阵阵快意：下一曲就下一曲，照样转得她晕头转向。

很快，优美而舒缓的华尔兹响起来了，不待冯新开口，姑娘就主动站了起来。冯新左手握掌，右手搭腰，将姑娘拥住，一下就旋入了舞池。

才跳几步，冯新就觉得这姑娘的舞步实在糟糕，又机械又僵硬。起初，他还以为是她太紧张的缘故，但很快就发现不对劲儿：踩着那么优美的舞曲，姑娘却一瘸一瘸，虽然肩膀吃力地一抬一掀，却怎么也维持不了平衡。

天哪，原来她是一个跛子！

霎那间，冯新觉得全场上百双目光全都聚焦在他们俩身上，连自己平时娴熟的舞步也变得慌乱起来。姑娘更加紧张，身子摇晃得越来越厉害。

终于，她仰起苍白的脸，气喘吁吁地说："休息一下……好吗？"

冯新正求之不得，连忙将她送回到座位上，如释重负地松了口气。

正要离开，那姑娘却喊住冯新，满脸歉疚地说："刚才……真对不起！"

可以肯定，上次冯新错怪她了，她拒绝冯新的邀请并非高傲，而是有难言之隐。

于是原先的积怨化成了满腔同情，冯新连连说："你别说了，要道歉的应该是我，我实在不知道你的腿……"

姑娘急忙打断冯新的话："不，其实你不邀我，我也会主动请你的。"

"为什么？"

"就为上次的事。"

"哦?"

"那天你一离开舞厅,我就马上追了出去,可是你已经走远了。回去以后,我心里难受极了,一夜都没睡着,我恨自己当时没有勇气告诉你我是跛子,因而使你无辜地受到了伤害。第二天,我特意买来几盒舞曲磁带,天天下功夫练习。我想:练好了,就上舞厅来,总有一天能遇上你。两个月练下来,我觉得勉强可以了,没想到刚才心里一紧张,腿又不听使唤了,真对不起……"

姑娘一口气说完那番话,丰满的胸脯急促地起伏着,晶莹的泪水在眼眶里打转。

冯新心里一阵激动,一挥手打断她的话:"你等等,我去一下就来。"转身便向服务台跑去。

冯新要好好地向姑娘表示一下他的歉意,再与姑娘共舞一曲,让她像正常人一样享受到跳舞的乐趣。然而,当他捧着两罐椰子汁和几袋果脯回到座位上时,姑娘却无影无踪了……

一直到毕业离校,冯新都没有再见到这位姑娘。

多年来,冯新只要一进舞厅,眼前就会浮现出那一头乌丝披肩、一袭白色衣裙的倩影。这位不知姓名的善良姑娘,你今在何方?

(龙江河)

顶 天 立 地

天将降大任于斯人也,必先苦其心志,劳其筋骨,饿其体肤,空乏其身,行拂乱其所为,所以动心忍性,增益其所不能。

老师爸爸

东城区小学今年将高年级分成了尖子班、快班、中班、慢班。中年教师田丰主动申请到慢班任班主任。

慢班的五十几个学生,多数调皮捣蛋。特别是一个叫文波的学生,今年十三岁,留过级,还因为多次打架进过少教所。可他又是个自尊心特别强的孩子,可让老师头痛了。

开学第一天,田丰走进课堂,同学们起立,坐下时,突然听到"乒里乒拉"一阵响,两个同学"通"地跌坐在了地上,课堂上顿时哄堂大笑。田丰一检查,是坐在他们后面的文波将同学的板凳拉开了。

下午上第一堂课,数学老师走到教室前,刚推门进来,突然从门上"哗"掉下个面盆,半盆脏水把数学老师浇了个落汤鸡。

数学老师大发雷霆,问同学们,可谁也不说是谁干的。结果,数学课没法上了。

第二堂是语文课,刚上课,有几个女同学突然惊叫起来,有的"哇"地哭着跑出了教室。一查,原来,在这几个女同学的书包里,都有一条拇指粗的大青虫在蠕动!不用说,这些恶作剧都是文波干的。

田丰想了想,没有在课堂上批评文波,只是叫文波放学后留下来。可是待放学时,文波早已溜得没了人影。

第二天上午,文波没来上学,田丰询问同学,没人知道。中午放学后,田丰匆匆来到文波家,一进门,只见文波那因工伤致残半瘫痪的母亲正在哭泣。她见了田丰,"哇"地一声大哭起来:"田老师,这该怎么办啊?小波他昨晚出去后一直没回来……不知出了什么事啊!孩子他爸不该撇下我们孤儿寡母走呀……"

文波的母亲一把鼻涕一把泪地说:"这孩子,他走的时候,拿走了他平时积攒的零用钱……田老师,小波这孩子,可怜呀,他经常不吃早饭,我给他的钱,他舍不得花……都存着哩!"

田丰听得鼻子直发酸,他问文波母亲:"他会不会上亲戚家玩去了?"

文波母亲摇摇头说:"我们家这儿没亲戚。文波有个舅舅,可远在重庆哩!"

田丰走进文波住的里屋,见床上有一个空的存钱罐,存钱罐下压着一张纸条。田丰拿起一看,上面写着:

田老师:

　　学校把我们五十几个同学定为慢班。我恨学校,我们都恨学校。

　　田老师,我走了。在家里,妈妈骂我不争气,她见了我就哭,哭得挺伤心。在学校,老师都讨厌我,同学也都离我远远的。我念书是不会有出息的了。我走了,到很远很远的地方谋生去了。

　　田老师,永别了。

文　波

　　田丰看完文波的留言条,两行热泪禁不住夺眶而出,他问清了文波舅舅的地址,匆匆走了。

　　田丰给校长讲明了情况,决定去重庆寻找文波。校长同意了。

　　田丰回到宿舍,收拾好挎包。刚要出发,走到门口,正好和一个人撞了个满怀,田丰抬头一看,原来是在农村的弟弟。

　　只见弟弟满头大汗,上气不接下气地说:"大哥,快回去吧,妈快不行啦!"

　　田丰大吃一惊:"妈怎么啦?"

　　弟弟用衣襟擦擦脸上的汗水,说:"妈昨天晚上不小心摔了一跤,一直昏迷不醒,我和小妹连夜把她送进医院。大夫说,是中风,挺严重的。"

　　田丰可犯难了。

　　弟弟恳切地说:"哥,快走吧,妈这个样子,我和小妹也没个主张。"

　　田丰急了:"我问你,妈还有救吗?"

　　弟弟说:"还有一口气,大夫们正在抢救。"

　　田丰拿出所有的钱,自己只留了二十元,其余的全部放到弟弟手上:"你先回去,求求大夫全力抢救。我这时不能回去,有件急事必须马上去重庆。我会尽快赶回来的!"

　　弟弟擦着眼泪走了,田丰一路小跑奔向了汽车站。

　　到重庆时,天已经黑了。

　　田丰摸黑找到文波的舅舅家。舅母说:"文波上午是来过,要借钱,我没借给他。这孩子一赌气就跑了,也不知道上哪儿去了。"

田丰离开文波舅舅家时,已是晚上十点多了。此时此刻,失望、饥渴、焦急、担忧,一齐涌上田丰的心头。他脑子里空荡荡的,双腿像灌了铅似的沉重。他边走边猜测:文波会不会在火车站过夜?这么一想,田丰打起精神,迈开大步向火车站走去。

田丰来到火车站,在候车室里找了几个来回,没见到文波的影子。他失望地步出候车室,一看表,已经是零点三十分了。一天下来,田丰水米未沾牙,加上疲倦和失望,他再也走不动了。只得将挎包往墙根一放,一屁股坐下,不一会儿便昏沉沉地睡着了。

也不知过了多久,田丰醒过来时天已快亮了。他吃力地站起来,抓起挎包,来到山城饭店旁边的小吃街,准备吃点东西。刚走进街口,就见前面的一家饮食店门口,围着一群人。只听见有人在说:"小小年纪就偷东西,该捆,该打!"

田丰急步走过去,一看,天啦!正是自己找得好苦的文波。只见文波的双手被绳子反绑着拴在一辆摩托车上。田丰一问,才知道文波因偷拿饮食店的烤鸭,给当场逮住了。

田丰忙对饮食店老板说:"师傅,我是这孩子的老师,你行行好,把他交给我吧。"

那老板斜了田丰一眼:"老师,你是他的老师?你教的就是这样的学生?既然是老师,就一定学过法吧,啊?你该知道,偷东西,就是犯法。等天亮之后,你去少教所领人吧!"

田丰满脸堆笑地说:"师傅,这孩子小,不懂事,还请你多多包涵。这样吧,他偷东西,该教育。这儿,给你十元钱,就算是我替他赔罪了。"田丰说着,摸出身上仅有的十元钱,递了过去。

谁知道,老板阴阳怪气地冷笑一声:"什么,十元钱,你就想领人?给你挑明了吧,我不管你是他老师呢还是爸爸,如果你不想他进少教所,两百元钱领他走,少一分也不行!"

田丰又说了一大堆好话,那狠心的老板就是不松口,最后,田丰一咬牙说:"说定了,我去拿钱,你别把孩子送走。"

田丰离开以后,心里可着急了,还差一百九十元钱,找哪儿去借呢?寄卖掉自己的手表,也不够数呀!这时的田丰真是忧心如焚。突然,他抬眼望见公路转盘中间交通事故统计牌警示画上画着的事故图,对了,卖血!卖了血,再卖掉手表,就可凑足两百元钱。

上午十一点钟,脸色苍白、虚汗直淌的田丰来到了小吃街,他将浸透了自己血汗的两百元钱递给了那位老板,那家伙才从另一条街带来了文波。

田丰带着文波向汽车站走去,他关切地问:"文波,肚子一定饿坏了吧?"

文波不吭声,只是点了点头。

田丰说:"走,老师带你去吃面。吃饱了,咱们就乘车回去。你妈妈和学校的老师、同学都盼你早点儿回去哩!"

师生俩来到路边的一家面食店,田丰叫文波先坐下,他去买票。田丰正在买票,一回头,见文波拔腿又往火车站方向跑,田丰急了,赶紧去追。

文波见老师在追他,跑得更快了。

田丰一边追一边喊:"文波,你站住!文波,你停下!"突然,田丰一个趔趄,眼前一黑,便什么也不知道了。

火车站医疗点的医生闻讯跑来了。经抢救,田丰醒了过来。田丰在感激医生的同时,摸出自己的工作证和一张卖血的单据,讲了自己卖血和卖手表的经过。田丰的意思是,他已经没钱给医生了。

田丰话未讲完,文波"哇"地一声哭着挤过围观的人,"扑通"跪在田丰的面前:"老师,爸爸!我错了……"

此情此景,使在场的人们全都感动不已。围观者中一个戴眼镜的中年男子哽咽着说:"大夫,你说,这抢救费和针药费一共多少钱,我替这位好心的老师付了!"

他这一打头,有好几位围观者也都嚷开了:"对,对,多少钱,我们替他给!"

那位医生红着眼圈,哽咽着说:"谢谢,谢谢同志们,这种像爸爸一样的好老师,我怎么可以收他钱呢!"说罢,背着药箱走了。

文波终于跟着田老师回到了县城,这时已经是星期六傍晚了。田丰送文波回家以后,心里一直惦记着奄奄一息的母亲,此时此刻他真恨不得插上双翅马上飞到母亲身边。

田丰急步回到宿舍,推上自行车,来到校长家,告诉校长文波已经回来了。

校长打断田丰的话说:"你母亲昨天晚上就去世了,家里人来过几次,叫你尽快回去。"

田丰摸黑骑着自行车回到家,急步奔进了灵堂,"扑通"跪在灵堂正中母亲的遗体前,放声大哭……

从此以后,文波彻底地转变了。慢班的五十多个学生在田丰老师可歌可泣的事迹感染下,每个人的心灵都受到一次强烈的震撼。

光阴似箭,日月如梭。两年以后,在升学考试中,慢班学生的升学率超过了中班和快班,竟和尖子班的升学率一样高! 文波的升学考试总分名列全校第三,还考上了重点中学哩!

在中学录取新生张榜这天,慢班的近百个家长,敲锣打鼓地结队来到东城区小学,向学校和田丰老师赠送感谢信和锦旗。

这大红锦旗上绣着八个字:呕心沥血　教书育人

（陈乐燕）

老师做生意

　　土门小学有位老师，名叫陈中文，年龄四十出头，脑瓜子特别灵光。近年来，眼见许多娃娃跟着大人跑生意，失学的一天天增多，几个班合成了一个班上课，他灵机一动，居然留职停薪到镇上做生意，开起了一家面店。

　　店面开张这天，陈老师一不张灯结彩，二不燃放鞭炮，却极其郑重地宣布了一条规矩：凡是来买面的人，无论男女老少，均可参加知识竞赛，优胜者按所购数量再加倍奖赏。

　　这事儿可真有点稀奇，人们一传十、十传百，店门口很快围起黑麻麻的一大群人，你三斤、我五斤，闹闹嚷嚷地抢购起来。陈老师看在眼里，乐在心头，等到当天擀的水叶子面、抄手皮、饺子皮已卖得差不多了，他就站到店门前的台阶上，拉开嗓门朝大家宣布："知识竞赛正式开始。"

顿时，店门口鸦雀无声，上百双眼睛紧紧盯住了陈老师。

陈老师微微一笑，推推鼻梁上的眼镜，吩咐抬出几箱挂面，放在桌上做奖品，然后从身上摸出一副对联，抖开来贴在店门口，说："凡是一口气能将上下联念完，中间不停顿、不结结巴巴的，就算获奖，按所买的数量当众发给奖品。"

人们"哄"地一下叽叽喳喳议论开了，伸长脖子七嘴八舌念起来，但只念了几个字，许多人就卡了壳，慢慢变得焦眉辣眼了。你说啥原因？原来那对联上写的是："一案板面擀半案板面，半案板面擀一案板面。"这是两句绕口令啊，可怜这些农民文化不高，有的连那个"擀"字都还认不得呢！你看，老头子、老太婆嘴巴撇了几撇，无法念；大姑娘、小媳妇你推我、我推你，羞羞答答谁也不敢上场；几个小伙子硬着头皮跳上台阶，众目睽睽之下也都结结巴巴、垂头丧气地败下阵来。

陈老师哈哈大笑："堂堂一个土门镇，辖九村十八寨，竟找不出一个能人，连这几个字都念不伸展，可悲也！可叹也！"他这一摇头晃脑，气煞了一位中年汉子，只见这汉子两眼喷火，一步蹦到陈老师面前，说："你莫小看人，你等着！"说着，他猛一回头，"咚咚咚"地跑了。陈老师推推鼻梁上的眼镜，双手抱在胸前，嘻嘻一笑："等就等嘛！看你能搬来啥救兵？"

这时，傻了眼的人们回过神来，有的摇头，有的叹气，有的恨恨地瞪着陈老师，大家分明感觉到：这老师是欺负我们没有文化，在捉弄我们呀！好在都是按正常价买的面，没得奖也不算吃亏。

人们正打算散去，陈老师双手一拦："哎哎，诸位父老乡亲们，大家莫忙走嘛！"他见大家脚下收住了步子，笑着说，"这种题目可能不大对大家口味。不过，你们肚皮里有啥知识，也可说出来商量嘛，我会重新出题目呀！"

陈老师这一说，人们又交头接耳起来。一个青年农民举举手中的秤杆，说："我们天天做生意，要算个啥数字，心头一默就出来了，比你们拨算盘还来得快，只要你来点加减乘除什么的，哪个龟儿才虚火！"

"是么？"陈老师瞥那小伙子一眼，"那我就出一道数学题，简单得很，你在一分钟之内算出来，这桌上的奖品就归你。"

"这可是你亲口说的哟！"小伙子大声嚷着，立刻跳上台阶，自信地拍拍胸口，"你出嘛！"

"好！"陈老师一口气念出来，"三加二减五乘以零等于多少？"说罢看着表："给你一分钟。预备——开始！"小伙子一拍屁股跳起来："我的妈呀，这样简单的题目也来考人哪！三加二得五嘛，五减五得零，零乘以零，最终还不是个零包蛋呀！"他心头一默，不过几秒钟，就叫起来："等于零嘛！"说着盯住了桌上的挂面。

陈老师忙拦住他，回头问大家："他算没算对呀！""对，等于零！""就是等于零嘛！"人们七嘴八舌地回答。陈老师不露声色："还有别的得数没有？"他这一问，将大家问懵了，你望我，你望你。大家心里都在说：这道题不就像和尚脑壳上的虮蚤——明摆着的嘛，除了零还会有啥别的得数呢？

大家正疑惑不解，以为陈老师又在卖什么关子，忽然一个尖声尖气的声音叫道："等于五！"

陈老师一听，笑了。

大家回头一看，啊！人群外面站着个十来岁的小男孩，胖胖的脸蛋，圆圆的大眼睛，显得十分机灵，他背后站着先前那位中年汉子，原来这娃娃就是中年汉子刚刚搬到的救兵。

"晓锋！"陈老师认出这是自己学校一位退了学的学生，忙招呼他到台阶上来，要他当众给大家讲讲，为啥三加二减五乘以零等于五？

　　"好嘛!"晓锋背手昂头,像在课堂上回答老师的提问一样,大声说:"老师教过我们的,只要是加减乘除混合运算的题目,一定得先乘除,后加减,所以这道题要先做后面,五乘以零得零,再做前面三加二得五,最后五减零当然等于五哟!"

　　晓锋这一说,众人恍然大悟,那小伙子涨红了脸,知趣地退了下去。陈老师望望大家,一语双关地说:"你们都喊等于零,肚皮里头不喝点墨水,做啥事都等于零啊!"一席话说得许多人低下了头。

　　这时,陈老师又拉过晓锋,让他念门上的对联。这娃娃闪着大眼睛看了一遍,就大声念了起来,声音朗朗,口齿清楚,居然一口气念完了。众人赞声不绝,陈老师也笑眯了眼,当众给晓锋发了两倍的奖赏。最后,陈老师还宣布,凡是十三岁以下的娃娃获胜者,奖品一律加两倍。

　　从第二天起,陈老师的面店来了不少娃娃,都是从学校退出去的,他们念过几天书,得奖的机会比大人高。但陈老师一天一个花样,竞赛内容不断更新:猜谜,背古诗,解方程,识地图。难度一天天增大,娃娃们兴趣越搞越浓。不过,很快的,他们就觉得自己那点知识远远不够用了。在陈老师的鼓动下,娃娃们都跑回去缠着家长,要回学校读书长知识。大人们呢,眼见陈老师搞知识竞赛,不费什么力就把个面店的生意搞得红红火火,很快将周围几家面店都挤垮了,他们终于悟出一个道理:做生意也得靠学问啊!钟不敲不鸣,人不学不灵,于是纷纷把自己的娃娃又送进学校读书。

　　眼见回校学生一天天多起来,于是陈老师又回到学校,依然教他的书去了。

(赵伯蒂)

王校长的计谋

　　眼看就要开学了,谁知一场暴风雨把石红乡初中的一间教室冲倒了。这可把学校领导急坏了。

　　按说这教室本来就是一间外面下大雨、里面下中雨的危房,倒了本来也没有什么,但对这所偏远的山区中学来讲,可就是一件天大的事罗!因为这所中学每个年级四个班,一共十二个班,就十二间破教室,"一个萝卜一个坑"。如今倒了一间,那五十个学生往哪上课?更严重的是,新生的录取通知书前几天就已发出去了。如今,要是在他们当中刷几十个下来,那些学生家长还不吵翻了天?

　　面对这一严峻的形势,校长王一民先是组织全校教职工把一些尚未砸烂的桌椅、门窗抢救出来,随后立刻召开紧急会议。

可是会上，几十个穷秀才只是大眼瞪着小眼，长吁短叹，一筹莫展。王校长觉得这会再开下去也只能是瞎子点灯——白费蜡，于是果断作出决定：马上派人分别去向县委、县府、县教育局和乡党委、乡政府汇报，请求拨款抢修。

第二天，派出去的人陆续回来汇报说：县委、县府负责人讲，这是乡属中学，现在的教育经费，各乡财政都已实行包干，这事理应由县教育局和乡里解决；县教育局长的脸皱成了苦瓜皮，说是今年的教育经费上个月就已是和尚的头——光了；乡长说，对这件事他们也着急，但乡礼堂建到一半都已被迫停工，又哪来钱修教室？

王校长听了汇报，气得一拍桌子说："好呀，他们都不管，那我们就打报告少招一个班，让群众找他们去！"当然，王校长此举不过是气头话，目的是要挟那些高高在上的领导，让他们拨钱。谁知报告一递上去很快就批下来了。王校长望着批文，气得浑身发抖。

学校少招一个班新生的消息，很快传出去了。几十名担心自己的子女被刷下来的学生家长，纷纷闯进学校校长办公室，把王校长团团围住。

王校长急得满头大汗地说："各位家长们，没有教室到哪里上课？我们也是无可奈何啊！刚才我们的刘主任又到乡里去了，等他回来看情况再说吧！"

他的话音刚落，年过半百的刘主任满头大汗、气喘吁吁地回来了。他走到王校长跟前道："乡里还是讲没有钱啊！"

家长们听了，吵得更厉害了。不知谁愤怒地喊道："他们吃吃喝喝，发奖金、买小汽车、游港澳就有钱，修教室就叫穷？他们这官是为谁当的？找他们去！"人们立刻像听到命令，"呼"地往门口拥去。

这下，可把王校长和刘主任吓坏了。他俩不顾一切地冲到这股愤怒的洪流面前,死死拦住道:"不能去,大家万万不能去啊! 你们一去,我们就会被扣上煽动群众到政府机关闹事的罪名了!"家长们见他俩又打拱又作揖,不由心软了,都怔怔地站在那里。

这时,一位白发苍苍的老太太颤巍巍挤出人群,说:"校长,主任,我知道你们见孩子失学,心里会比我们这些家长还难受,可学校又实在太穷了啊! 你们这个家难当啊! 我……"老太太说着走到王校长和刘主任跟前,干枯的手从袋里摸出一个蓝布小包,一层层打开,露出几张崭新的"大团结",抖抖索索地把它放到王校长手里,"校长,这五十元就用来修教室吧! 只求求学校千万莫将我那孙女刷下来!"

这时,办公室里静得掉一枚针掉到地上都能听到响声。人们含着泪水,先是你望望我、我看看你,接着就一个接一个掏钱:"我掏五十!""我给三十!""我出二十!""……"

不一会,办公桌上就放满了花花绿绿的人民币。

王校长鼻子酸了,刘主任转过脸去不住地用手帕抹着泪水。

王校长一咬牙,把刘主任拉到一边低低地商量了一阵。刘主任有些惊诧地说:"王校长,这、这可是摸老虎屁股的事啊!"

王校长斩钉截铁地说:"老伙计,就算是狮子屁股,我王一民今天也要摸他一回了! 你就照我讲的去办吧! 天大的事我负责!"

刘主任挺挺腰杆,紧紧握住王校长的手,说:"老王,出事我算一份,大不了回去跟牛屁股!"

"好,那我们分头行事!"

王校长拍拍刘主任的肩膀,转过身来对家长们道:"大家如果信得过我们,就先回去,明天再来听好消息!"

家长们走后,王校长抹了把汗,就直朝乡政府走去。当他走进乡长办公室时,只见乡长李卫如正躺在时髦的大沙发里,悠然地品着茶,在听录音机。

他见王校长匆匆走进来,招呼一声,挪了挪笨重的身子,指了指对面的沙发:"老王,请坐。找我有事?"

王校长一坐下,就开门见山说:"乡长,少收一个班新生的事传出去后,群众意见大啊! 特别是那些估计自己的孩子会被刷下来的家长。"

李乡长随手关了录音机,叹了口气说:"老王,这应当说是可以理解的! 也是在预料之中的! 我们实在太困难啊!"

"乡长,刚才一些家长已自动捐了五百多元,我们学校的教职工也捐了四百多。只要乡里再拿个三千,教室就可修好了!"

"王校长,群众和你们这种自力更生艰苦办校的精神是很令人敬佩的! 我代表乡党委、乡政府衷心感谢你们! 我们乡领导也知道,再穷也不该穷学校,再苦也不能苦孩子。可是,乡里实在一时拿不出钱啊!"李乡长边说边站了起来,来回地走着,显得十分激动。

"既然这样,乡长能否出面向群众解释一下?"

"哎呀,我的老王呀! 你只管几百人,我可是要管几万人呀! 如果这些芝麻绿豆的小事也要我这个乡长出面,我就是有三头六臂,不吃饭、不睡觉,也忙不过来啊!"

"乡长,那我们该怎样去向群众解释?"

"你可以讲,这是特殊情况特殊处理嘛! 可以叫他们先让自己的娃子回去参加力所能及的劳动嘛!"

"要是他们说,十一二岁的孩子,不到三堆牛屎高,能做哪样呢?"

"什么,十一二岁的娃子就不能做? 不能拿犁拿耙,还不能放牛、看鸡、看鸭?"

"那些非农业户口的家长说,孩子回去东游西荡,就会变成小流氓了!"

"放屁!"李乡长拍案而起,"非农业户口就没啥事干?现在搞社会主义市场经济,到圩上摆个茶摊、水果摊的,既赚钱,又可繁荣市场,有何不好?老王呀,如今时兴校长治校,你这个校长有权决定嘛。当领导的总不能由群众说风就风、喊雨就雨啊!"

"乡长,就怕到头来决定不了啊!"

"怕什么?"李乡长拍拍胸口,"我们乡党委、乡政府做你的坚强后盾!"

哪知李乡长举手刚要往下劈,只听"咚"一声,办公室门被撞开,一个妇女"咚咚咚"冲进来。

这妇女三十来岁,丰满细嫩,她先是用一双丹凤眼狠狠地瞪了李乡长一眼,接着冲到王校长面前,怒吼道:"好呀,你这个校长躲到这里来了!"

这年轻妇女,叫吴秀菊,外号"红辣椒",是乡供销社副主任,也是李乡长的夫人。面对红辣椒那猪肝色的脸,王校长显出有点惊惶地问:"吴主任,我是来找乡长汇报工作的,您有事找我?"

红辣椒柳眉倒竖,双手叉腰说:"我问你,堂堂一个乡中学,你们讲话算不算数?"

"当然算数。"

"算数就好!那你们原来说招四个班,如今为何又砍了一个?"

王校长说:"吴主任,这是因为有一间教室被风吹倒了。我们也是无可奈何啊!少招一个班是经县教育局、乡党委、乡政府批准了的。"

"那我问你,你们准备让这几十个学生去干什么?"

"那、那只好先回家做工了。"

"什么,十一二岁的娃子能做工?"

"不能用犁耙,总可以放牛,看猪,看鸡,看鸭嘛!"

"那我们这些无田无地的呢?"

地"那就到圩上摆个茶摊、水果摊嘛！既赚钱，又可繁荣市场……"

红辣椒还未等王校长讲完，双眼冒火，大声嚷道："这话是你讲的？"

"这、这是乡长的指示……"

红辣椒一转身，一把揪住李乡长的衣领，把他从沙发里拎了起来，问道："这是你讲的？"

"你、你……"李乡长尴尬而惊恐地望着夫人，"你、你有什么话，不、不能慢慢讲吗？动手动脚做什么？"

红辣椒没有松手，狠狠把李乡长衣领一提："那我问你，你是准备叫我们小虎去摆茶摊还是水果摊？"

"哪会呢？我们不是和学校讲好了吗？"

"讲你的头！告诉你，刚才学校刘主任对我说，小虎因为差两分被学校刷下来了！"红辣椒的指头直戳到了李乡长的鼻头，戳得李乡长不得不连连后退，左右躲闪。

直等红辣椒收回了手，他才转过头来瞅着王校长道："老王，你前两天不是说，可通融通融吗？"

"是的，我们原来是想通融，可后来……"

"后来又怎样了？"

王校长没有再说什么，只是像个魔术师，从口袋中掏出一大把大大小小的纸条，一张张地边讲边递给李乡长："这是李副县长外甥拿来的，这是县人事局王副局长的小姨送来的，这是……"

"不用讲了！"李乡长的脸由白变红，又由红转黑。

"乡长，这些领导的亲戚也都差几分啊！"

"叫你莫讲了！"李乡长鼻子喷着气怒吼道。

红辣椒一撇嘴说："你凶什么！不就是倒了一间教室吗？乡里批个三五千不就修好了？嗯！"

李乡长壮着胆顶道:"你晓得什么,哪来的钱?"

"什么,没有钱?你莫哄老娘的脚趾头了!"红辣椒把大腿拍得"叭叭"响,数落道,"前几天你们招待一个什么参观团,就摆了十桌,一桌三百多块,抹嘴后每人还带走绿豆三十斤;上个月,你们几个乡领导到香港、澳门参观游览,回来时你亲口对我讲,每人花了七八千;还有……"

李乡长恼羞成怒,竟壮胆骂起夫人来:"住嘴!这关你什么事?你是县委书记还是县长?"

"好呀!你横!你凶!你有权!从明天起你带小虎,老娘马上卷包袱走!"红辣椒拍腿跺足,大哭大喊地冲出了办公室。

这一下,李乡长才真感到天要塌了,全身立刻像漏了气的皮球,瘫倒在沙发上。

王校长连声说:"对不起!"也退出了办公室。

焦急不安地守候在学校大门口的刘主任,一见王校长回来,忙迎上去问道:"情况怎样?"

"听好消息!"王校长脸上带着微笑,拉着刘主任回到学校办公室。他们刚坐下,桌上的电话铃就响了起来。王校长向刘主任努努嘴:"老刘,快去听喜讯!"

刘主任疑惑地拿起听筒:"什么?马上到乡财政所领三千元支票?好、好!我们立即叫人去……"

刘主任放下听筒,一把紧紧地将王校长抱住。真不知是喜?是忧?还是愤怒?

(周松岐)

丁老师下海

　　丁乙丙是临晋县城郊中学的地理老师。他教学认真,成绩突出,年年被评为先进工作者。令他苦恼的是,儿子贝贝正上幼儿园,妻子吴小娟又因厂里效益不好下了岗,本来就紧巴的日子,现在三天两头闹经济危机。为改变这一状况,丁老师下决心要做生意,只是一直没瞅准机会。

　　直到 1989 年秋,小两口经过一番合计,下决心要做辣椒生意。他们东挪西借筹足了本钱,然后,由吴小娟出面,在街上临时租了间门面房,公开挂牌,大量收购干辣椒,每市斤一元二角。临晋县本是农业大县,除主产粮棉外,辣椒亦是当地一大特产。临晋辣椒,不但种植面积大,且质量上乘,色红肉厚油多,享誉大江南北。

这年,临晋辣椒又喜获大丰收,椒农们正发愁自家的辣椒卖不出去,一听有人大量收购,价钱又合理,便纷纷赶来交售。不到半个月,丁老师足足收了三四万斤干辣椒,他寻下库房将其贮藏好了,即让妻子关门大吉,他照样教他的书。一时间,谁也猜不透他葫芦里到底卖的什么药。

谁料,到了第二年,辣椒价格突然飞涨,一斤好辣椒甚至买到十几元,市场上一时供不应求,外地客商也纷纷前来临晋购货。丁乙丙很快将自己的存货抛售一空。事后一算账,除了成本及一切开销,一下子净赚三十多万!这下,周围的人全都傻了眼,无不佩服他有先见之明。

一晃又是数年过去了,却未见丁老师再有什么大动作。这时,不少人都说他"瞎猫碰着了个死老鼠",就连先前佩服他的人也开始怀疑起来,可丁老师泰然处之。

这天,丁老师边做早饭边听新闻。有则新闻引起了他极大的兴趣,说伊拉克和科威特开火,海湾局势紧张起来。他马上放下手中的活,跑到县生产资料公司当经理的赵全兴家,将他请到一家高档酒楼,包了个雅间。他们俩是老同学,平时也有来往,三杯酒下肚,两人的话匣子就打开了。

赵全兴发话道:"哎,我说老同学,恕我说句不客气的话,你今天又是酒又是菜的请我,究竟有啥事需要我帮忙?说出来,老同学决不含糊。"

"哎哎,老同学,别急别急,"两人又喝了几杯酒,吃了点菜,丁乙丙这才说道:"其实,也没啥大事,我不过想了解一下你们公司经营地膜的情况。"

"唉,别提了!"赵全兴一脸沮丧地说,"都怪我缺乏经营头脑,前年咱县地膜十分畅销,凡经营地膜的门店,无论国营的、集体的还是个体户,全都发了财。鉴于这种情况,去年,我头脑一热,进货过量,到现在还有一百几十吨压在库房里,不光占用资金一百多万,光银行利息就不是个小数目。为这事,我可真没少受熬煎。哎,我说乙丙,你问这干什么?"

丁老师胸有成竹地答道:"我想为老同学分忧解愁。"

"什么?"赵全兴顿时来了精神,"莫非你找到了买主?"

丁老师答非所问地道:"老同学,说实话,倘若有人把你的货一次吃进,你啥价肯出手?"

赵全兴想了想,说:"这批货当初的进价是每吨六千五,加上各种费用,每吨合六千七。乙丙,是这样,如果真有谁能一次吃尽,我情愿保本脱手,另外付你一万元酬金。"

丁乙丙摆摆手道:"老同学,酬金我不要,我只要你的货,而且就按你说的价格,一次吃进。"

"什么?"赵全兴听了丁乙丙的话,着实吃惊不小,半信半疑地探问:"你就是买主?"

丁乙丙答:"对,我就是买主。"

"我说乙丙哪,"赵全兴闻言,不无担心地劝道,"我知道你前年做辣椒生意赚了几十万,可这是一百多万哪!万一有个啥闪失,你会毁在这上边的。你还是要三思而后行啊。"

"谢谢老同学的关心,"丁乙丙道,"不过,你的货我是要定了,只是一次拿不出这么多钱,但我可以预付你四十万,余下部分保证明年年底连本带利一次付清。"他顿了顿又说道,"老同学,你要是还不放心的话,货可仍存在你们库房,万一明年我脱不了手,不光货仍归你们公司,就连我那四十万预付款也可算作对你们的赔偿,我决无二话。老同学,你若是同意的话,支票我带来了,咱们今天就可签合同。"为了表示自己的诚意,丁乙丙说罢,没待赵全兴将合同签下来,先就掏出两张数额共四十万元的支票,推到赵全兴面前。

眼望两张巨额支票,赵全兴心里飞快地打开了算盘。他心想:若按往年情况,到明年开春,即使自己把所存的地膜全部销完,也赚不了四十万,这笔生意对自己来说,有百利而无一弊。于是,他当场拍板:"好,咱们一言为定。干杯!"

"干杯!"

双方签完合同,丁乙丙一连两三个月再没过问此事。直到第二年春天,春耕春种大忙开始,地膜销售也像往年一样,进入了旺季。说来也怪,这年市场上地膜十分走俏,且价格一涨再涨,由最初的每公斤九元,直涨到十一二元,就这还供不应求。没出一个月,丁乙丙将自己的货全部销售一空,一结算,又整整赚了近四十万。

丁乙丙两笔生意赚了七八十万,在全县上下一时成了家喻户晓的名人。有的人甚至还说他有什么特异功能,直搞得他啼笑皆非。

为答谢朋友们的帮忙,一天,丁乙丙特地在"天外楼"包了一桌丰盛的酒席,宴请诸位好友。席间,有人问起他做生意的诀窍,一是盛情难却,二是为明辨是非,说明自己并非超人,他端起一杯酒一饮而尽,对大家讲道:"提起我做生意的事,我既没有什么诀窍,更没有什么特异功能,这完全得力于我的专业。"

众人一个个洗耳恭听。

丁乙丙道:"我在大学四年,学的是地理专业,分到学校,仍然教地理。因此可以说,我对我们国家以及世界各地的地理概貌、气候状况、矿藏物产等方面的情况都比较熟悉。正是这方面的专业知识,帮了我生意上的大忙。

"先说第一笔生意——1989年秋,我从电视上、报纸上,得知南方遭受特大洪水灾害,其中包括四川、湖南等几个主产辣椒的省份和地区,唯独本县喜获丰收。我想,在全国范围内喜食辣椒的人非常多,明年市场上辣椒供应肯定缺口很大。于是当机立断,大量收购干辣椒,以待来年抛售。结果如愿以偿。

"至于第二笔生意,与头一笔大同小异。众所周知,中东地区是世界石油主产区。该地区战事一开,无疑将会极大地影响石油产量,并进一步影响到全球性石油贸易。而生产地膜的主要原料聚乙烯,又全靠石油提炼,据说三吨石油才能提炼出一吨聚乙烯。这样一来,石油的紧张,将会造成聚乙烯短缺,聚乙烯供不应求,地膜产量自然也就要大幅度下降。所以,我才一眼看准这笔生意可做。结果,再次获得成功。当然,没第一笔生意赚来的钱,第二笔也做不成。"

丁乙丙的一席话,说得大家口服心服,啧啧称赞,全都向他举杯祝贺。

丁乙丙发财了,给自己买了房,装了电话,并为妻子开了间门面。他自己则照常上他的班,教他的地理,只不知他下一笔打算做什么生意……

（力　夫）

山　魂

　　碾盘湾是个只有三十来户的偏僻小山村,村上有所小学校,学校只有一位老师,姓杜。碾盘湾大人孩子都特别敬重杜老师,没有杜老师,他们就不会看书识字,更甭想把算盘打得哗哗响。

　　那年,杜老师的妻子生孩子难产,杜老师费尽周折把她送到山外医院,结果孩子被抢救过来,大人命却没保住。杜老师把孩子取名叫"宝儿"。不幸的是,这宝儿三四岁了还不会说话,屎尿随意拉。到医院一检查,原来是出生时因脑缺氧而成了痴呆。宝儿是杜老师的命根子,这打击真是太大了。

　　幸亏宝儿还挺乖。杜老师上课,他就坐在教室门口,只要在面前瓦盆里撂上一条蚯蚓或一只掐去腿的蚂蚱,他就能拖着口水看上半天;不上课的时候,杜老师到哪他就跟到哪,一不见就嚎;杜老师家访,宝儿就牵着杜老师的衣角跟在后面,见到人,便咧着大嘴笑,样子极真诚。

这天,杜老师正在给学生上课,忽见班上学生交头接耳,不注意听讲,便顺着学生们的视线,朝教室门口望去,原来是宝儿正在拉裆里的小鸡鸡。杜老师忙上来阻止:"宝儿看虫虫,不能玩小鸡鸡。虫呢?"看看瓦盆,空空的,不远处一只老母鸡正在吞咽一只蚂蚱。杜老师见了,只好又走过来哄宝儿:"宝儿乖,听爸爸上课,爸爸下课后再给你捉虫虫。"可杜老师起身刚走上讲台,学生们又哄堂大笑。宝儿又在玩自己的小鸡鸡,见大家笑,自己也咧嘴傻乐。杜老师叹了口气,来到教室外面,拿下自己正晒着的短裤,给宝儿穿上。

夜里,杜老师翻来覆去睡不着,望着身边熟睡的宝儿,心里好难过:宝儿越来越大了,再穿开裆裤是不行了,可穿满裆裤又不晓得喊屎喊尿,怎么办……鸡叫头遍,杜老师终于想出了一个主意。

第二天,杜老师赶到村东头李木匠家,借来一些木工工具,凭着平时修学生桌椅练就的一双手艺,用木板打了个围桶。

围桶打好之后,摆在教室门口,上课时,就把宝儿放在里面,虽然围桶只齐胸,但宝儿不晓得爬出来,只要能看到杜老师,宝儿就不闹。再家访的时候,宝儿还是牵着杜老师的衣角跟在后面,见人仍是真诚地笑,只是这个时候,杜老师一定给宝儿换条满裆裤子。为此,杜老师难免要多洗几次屎尿裤子。

日子过得真快,一晃十年过去了,宝儿长得几乎和背驼的杜老师一般高了,杜老师已换了五个围桶,一个比一个高。

这是一个初秋的下午,杜老师感到有点疲惫,看看课程表,刚巧是体育课,就吩咐学生们在操场上或教室里自由活动,也没敢惊动在围桶里睡着了的宝儿,径自进了自己的屋,想休息一会儿。迈门槛时,他腿一软,差一点跌倒。

迷迷糊糊中,他似乎听到宝儿的傻笑声,他浑身一激灵,急忙跑出屋来。果不其然,宝儿不知怎地已爬出围桶,晃着白白的大屁股,乐呵呵地撵着穿花衣裳的女学生。

杜老师急步赶了过去。这时,只见宝儿从背后搂住了一个叫刘霞的胖胖女生,刘霞哭喊着挣扎,宝儿却紧搂不放,撅着大屁股,高兴得哇哇大叫。杜老师上前,气得甩手就给宝儿一巴掌,然后抠开宝儿的手,费力地把他抱进围桶。宝儿挨了打,可在围桶里仍兴奋无比。

杜老师忙转过头安慰哭着不停的刘霞:"刘霞好,别哭了,老师向你赔礼道歉了。宝儿是傻子,不懂事,吓着你了。这都是老师的不是,不该有点不舒服就去休息……"有几个男生上来认错,说他们惹了宝儿,杜老师摸着他们的头说:"不怪你们,只怪老师养个傻儿子。"听杜老师这么一说,几个男生眼圈都红了。

第二天,刘霞来上学,见到围桶里的宝儿便怯怯地不敢上前。谁知宝儿见到刘霞,显得特别兴奋,竟又爬出围桶,迈着八字步来撵刘霞。刘霞见了,忙掉转头,哭着往家跑。杜老师当时正在晾晒衣服,见了忙丢下衣服,跟在后面喊,可刘霞就是不回头……

放学后,杜老师丢下宝儿来到刘霞家,劝刘霞上学,说:"现在宝儿再也爬不出围桶了,我把围桶加高,齐他脖子了。"可刘霞哭着不应。刘霞家长听了过意不去,忙说:"杜老师,你可千万别这样,苦坏了你的孩子!宝儿是傻子,谁能怪他呢?这丫头片子不念拉倒,随她吧,这样你还少一个烦神。"

刘霞死活就是不愿来上学,她的确被宝儿吓坏了。天黑了,杜老师快快地回来,远远就听见宝儿在嚎,他一气之下上来"啪啪"就是两巴掌。宝儿咧着大嘴,哭得更凶,样子十分可怜。宝儿毕竟是个傻子啊!杜老师有些后悔了,他把宝儿紧紧搂住,给宝儿擦去泪水,不知不觉地,自己的泪水也"吧嗒、吧嗒"滚落下来。

几天来,杜老师一直在想:宝儿这样活着其实也是受罪,倒不如死了,对他也是解脱,又不影响娃们来上学。主意拿定了,星期天中午,杜老师就把宝儿领到山脚下的水塘边。杜老师弯下腰,把手里的瓦盆放到水面上,轻轻一推,瓦盆向水塘中心荡去。杜老师转身对宝儿说:"宝儿,快下去看,瓦盆里有虫虫呢,瓦盆里有虫虫呢!"宝儿听了便乐颠颠地下了水,兴奋地朝瓦盆摸去。

杜老师站起身,强忍着泪水往回走,走走停停。忽然身后"扑通"一声,杜老师一惊,猛回头,见水面上已没了儿子,只有一圈圈波纹在扩大。杜老师心像被人狠狠揪了一把,一声哭喊:"宝儿!"便疯狂地扑下塘救起宝儿。

宝儿虽傻,毕竟是自己亲骨肉,他哪能见死不救哇!

星期一早上,双眼布满血丝的杜老师走进教室,见好几个座位空着,便焦急地问:"姜花、艾梅梅、于山妹这几个同学怎没来?谁知道她们今天干什么去了?"教室里"嗡嗡"声一片。后来几个男生犹豫一下,还是站起来说:"老师,姜花她们不来念了,她们说要到山外学校去念书……"

杜老师急了:"这怎么行? 姜花她们那么小,几十里山路能跑下来? 现在,大家先自习,我这就到她们家去看看,请她们来上学。"说完,杜老师起身要走。

"老师,"一个男生看了看围桶里只露个头的宝儿,低声说,"姜花她们说了,宝儿太可怜了,如果她们女生都到山外去念书,那老师就会把围桶锯矮。都是因为她们这些女生,老师才把围桶加高的。"

杜老师手一颤,手中的书本、粉笔全掉到地上。多懂事的娃啊! 杜老师当着学生们的面泣不成声。

夜里,杜老师心烦意乱就是睡不着,于是爬起来取出药瓶,准备吃几粒安眠药。他倒出药正要吃，忽然脑中闪出一个主意，赶忙把宝儿弄醒，把药粒都倒在床上，哄宝儿说："宝儿吃糖糖，宝儿吃糖糖。"宝儿见了药粒很高兴，两手急忙忙抓起药粒就往嘴里塞。杜老师再也看不下去了，忙掩脸奔到门外……

宝儿死了。当村里人从四下赶来的时候，只见宝儿枕着杜老师的臂弯，清爽爽地躺在杜老师的怀里。村里人想起宝儿见到他们时那真诚的笑，一个个唏嘘不已。他们虽然觉得宝儿死得有些蹊跷，但都不愿把话往深处问。杜老师也不答村人的问话，只是用手抚摩着宝儿的脸，嘴里喃喃不停："宝儿，其实你走了好呢！这样，你就不再受罪了……"

前脚安葬了宝儿，后脚杜老师就把刘霞、姜花她们接到学校来上学。杜老师现在课教得更认真了，他把全部心血都放在学生身上。家访次数也多了，只是走在路上，总觉得宝儿牵着他的衣角跟在后面。他不忍回头，不回头，宝儿便真的牵着他的衣角在走。夜深人静的时候，改完作业备完课，杜老师脑子里全是宝儿形象，以致无法睡去。一次，他半夜醒来，无意一摸身边，不见宝儿，立刻一惊而起："糟了，宝儿还忘在外面呢！"忙赤脚奔出门外，见围桶是空的，才醒悟过来，伏在围桶上伤心地哭了起来。

杜老师的头发几天里便全白了。

初冬的一天，天阴沉沉的，刮着冷风。杜老师正在聚精会神地给学生上课，外面忽然来了一帮人。村长把杜老师叫了出来："老杜，县上来人了，电视台的，说要报道你的先进事迹。"

杜老师疑惑地说："我有什么先进事迹？"

村长冲口便说："怎么没有？他们说你为了让娃们安心来上学，把老婆给耽误了，现在宝儿一条命也没了……"

没等村长说完，杜老师脸就黑了下来，但又不好冲这一帮人发火，就说："我现在正在上课呢，等放了学再说。"说完，走进教室。

村长愣了一下,忙跟进教室:"老杜,你看你,这大冷天,让县上人在外面干等呀? 他们可不像我们这些山民,受不了的。"接着,村长便挥手对学生们喊:"娃们,今天不上课了,都回家吧,县上记者要给你们老师拍电视。"

学生们欢呼着拥出教室,记者们走了进来。杜老师坐到课桌前,可就是沉默无语。

记者忍不住了:"杜老师,您说话呀! 随便说说,就像和我们拉家常一样,不要拘束。"

杜老师一动不动。

记者说:"杜老师,其实您的事迹很感人的,当时我听到你的事迹后,忍不住哭了。"记者动情了,"杜老师,像您这样默默无闻、无私奉献的人,才真正是我们民族的脊梁啊! 如果再不向人民报道,那就是我们新闻工作者的失职! 拍这个专题,我们起了个名字,叫《山魂》。拍完后,我们要把片子送到中央电视台,向全国播放! 让全国人民都知道您!"

杜老师还是坐在那一动不动,像尊雕像。

记者说:"杜老师,我知道,有些事您很矛盾,不愿说出来,是吧? 关于宝儿的死,如果您愿意,我们也可这样报道:宝儿生病了,您一心扑在教学上,结果耽误了时间,心爱的儿子最后死在自己怀里⋯⋯"

记者见杜老师嘴唇哆嗦着,两颗浊黄的泪珠滚到脸颊上,便试探地问:"杜老师,如果您认为这样可以,那我们就开始?"说完,示意摄像开机。

霎时,雪亮的光柱一下把杜老师罩住,杜老师慌忙背过脸去。僵持了一段时间,杜老师转过脸来,抹干眼泪,愧疚地对记者说:"我这人好没出息,见生人说不出话来。这样吧,让我准备准备,你们明天来,明天你们要我怎么说,我就怎么说。"

村长、杜老师把县上来人送到路口。这时,天更阴沉,风更紧了,一片又一片的雪花飘下来,村长回家了,可杜老师还久久立在雪中。

第二天清晨,大地、房屋、树木都铺上了一层厚厚的雪。几个男生嬉闹追逐着来上学,远远便看见教室门口立着围桶,里面是洁白的积雪。推开虚掩的教室的门,他们没有看到平时早已坐在教室里等待着他们的杜老师的身影。

新闻专题报道组的记者也早早地赶来了,"杜老师人呢?"他们找遍了小山村。

"你们看,杜老师的笔迹!"有人惊叫起来。

大家齐刷刷地把目光投向黑板,黑板上,是颤颤抖抖的杜老师的笔迹,写了四个大字:为了明天。

杜老师失踪了。

后来有的人说,杜老师心疼那傻儿子在阴间不能自理,赶着去照料他了;也有的人说,杜老师去了公安局……

（钱　岩）